AU-DELÀ
DES FRONTIÈRES

DU MÊME AUTEUR

La Fille d'un héros de l'Union soviétique, Laffont, 1990.
Confession d'un porte-drapeau déchu, Belfond, 1992.
Au temps du fleuve Amour, Le Félin, 1994.
Le Testament français, Mercure de France, 1995 (prix Goncourt, prix Goncourt des lycéens, prix Médicis).
Le Crime d'Olga Arbélina, Mercure de France, 1998.
Requiem pour l'Est, Mercure de France, 2000.
La Musique d'une vie, Seuil, 2001 (prix RTL-Lire).
La Terre et le Ciel de Jacques Dorme, Mercure de France, 2003.
La Femme qui attendait, Seuil, 2004.
Cette France qu'on oublie d'aimer, Flammarion, 2006.
L'Amour humain, Seuil, 2006.
Le Monde selon Gabriel, Éd. du Rocher, 2007.
La Vie d'un homme inconnu, Seuil, 2009.
Le Livre des brèves amours éternelles, Seuil, 2011.
Une femme aimée, Seuil, 2013 (prix Casanova).
Le Pays du lieutenant Schreiber, Grasset, 2014 (prix littéraire de l'Armée de Terre – Erwan Bergot).
L'Archipel d'une autre vie, Seuil, 2016.

ANDREÏ MAKINE
de l'Académie française

AU-DELÀ
DES FRONTIÈRES

roman

BERNARD GRASSET
PARIS

Photo de la bande : © J.F. Paga

ISBN : 978-2-246-81857-1

I.

Le Grand Déplacement

Les deux hommes montent à bord séparément – les employés du Protocole s'affairent pour leur éviter la rencontre. Deux ex-présidents ! D'assez petite taille, ils mobilisent un reste d'aplomb dans un comique effort de solennité, de grandeur…

Tom se rappelle vaguement leurs mandatures. Le premier a été abandonné par son épouse, le second – au lieu de vaquer aux affaires de l'État – filait chaque nuit, sur un scooter, rejoindre sa maîtresse… On peine à imaginer ce batifolage élyséen, vu l'horreur de ce qui est survenu, depuis. Éclatement de l'Europe, guerres civiles, ensauvagement du monde.

Les deux compères ressemblent à des adolescents vieillis, rancuniers. « Comment ose-t-on m'expulser, moi ? » se demande chacun, sûr que l'autre a bien mérité son exil.

Le bannissement concerne une quantité impressionnante de personnes. La population française a diminué de moitié et ne compte plus que trente millions d'habitants. Cette contraction a déjà reçu un nom : le Grand Déplacement.

Les mois précédents, aveugle et ses deux jambes dans le plâtre, Tom apprenait les nouvelles grâce à un antique transistor : tel jour, le départ de Toulon de quarante mille personnes, l'embarquement à Marseille de soixante-dix mille autres, le lendemain...

À présent, sa vue recouvrée, il observe le Grand Déplacement sur sa tablette. Les militaires dirigent la foule vers les paquebots avec un sang-froid dépourvu de tout esprit de revanche et si une bagarre éclate, remettent vite de l'ordre. Dans le flot d'expulsés, un gros plan saisit une expression furieuse, une bouche tordue par un juron : le parti pris du réalisateur consiste à filmer sans le moindre son, ainsi l'attention se porte-t-elle sur la mimique et les regards, éplorés ou vindicatifs.

L'émission n'a rien d'un reportage effectué à chaud. Plutôt un documentaire qui élucide les raisons de cet exode forcé. On repasse des séquences d'archives : la submersion migratoire de l'Europe, les médias prônant l'accueil et la tolérance, les politiciens supputant le nombre d'arrivants dont le Vieux Continent aurait besoin – cinquante millions, cent millions, trois cents millions... Les fonctionnaires de l'antiracisme fustigent « les idées rances » de ceux qui s'accrochent à leur identité. Une voix discordante – cette jeune femme qui, sur un « plateau » télévisuel, argue que pour intégrer cette marée humaine, il faudrait construire des millions d'appartements et créer autant d'emplois et cela dans un pays en banqueroute ! Une avalanche d'accusations noie ses propos. On évoque l'enrichissante multiplicité des cultures, les vertus du métissage...

Tom se souvient du basculement survenu durant son enfance, autour de 2015. Les gestes les plus quotidiens étaient alors devenus dangereux. Descendre dans le métro, monter dans un train, aller au cinéma, tout cela se déroulait désormais en présence d'hommes en armes. L'une de ses tantes fut abattue au milieu d'une librairie, une collègue de son père – à la terrasse d'un café...

De ses années d'adolescence, il a gardé l'impression d'une fuite en avant. Les attentats n'étonnaient plus personne. Le gouvernement s'accrochait aux leviers du pouvoir dont les courroies de transmission semblaient coupées. Un jour, le Palais de justice fut incendié – par les activistes d'un mouvement social allié aux groupes communautaires. « La jonction de la lutte des classes et de la lutte des races », formula judicieusement un journaliste.

Trop jeune pour être entraîné dans la guerre civile, Tom la vivait comme une illusion d'optique. Les médias clamaient les bienfaits du vivre-ensemble et de la diversité, mais lui retenait des scènes réelles : à la sortie d'une supérette gisaient cette femme et son bébé – égorgés – leur sang mêlé à une flaque de lait s'échappant d'une bouteille...

11

Plissant les paupières, il cherche un souvenir moins atroce... Dans son lycée, des affiches expliquaient comment se protéger d'une attaque terroriste : des petits bonshommes montraient le geste qui sauve. D'un coup de feutre, un élève les a dotés d'appendices sexuels volumineux et de répliques hilarantes. Sautant sur une bombe, l'un d'eux criait : « Je m'éclate ! » Le proviseur a fait enlever ce matériel pédagogique détourné...

Tom rouvre les yeux : le reportage sur le Grand Déplacement montre un groupe d'hommes qui gesticulent et, malgré l'absence de son, on devine qu'ils apostrophent les militaires. L'un des trublions brandit un croquis : un soldat enragé qui piétine le mot « République ». Ce sont des caricaturistes, héritiers d'une rédaction jadis mitraillée. En quelle année déjà ? Il y a eu tant de tueries depuis. Celle-ci, ses parents l'ont souvent commentée et, enfant, Tom a retenu ce nom de « Charlie » placardé à la fenêtre de leur cuisine. Ce bain de sang a imprimé dans son jeune esprit une idée troublante : en évoquant certains sujets, on mettait en danger sa carrière, sinon sa vie ! Désormais, les caricatures peignaient un dieu dont les fidèles exhibaient un crucifix...

L'existence de la censure, dans sa patrie qui ne jurait que par la liberté d'expression, n'a cessé de le tourmenter. Des tabous protégeaient telle ou telle population selon sa couleur de peau, ses pratiques sexuelles ou ses origines. Il trouvait cela injuste ! Sa mère a su désamorcer son indignation juvénile : « Les paroles interdites, c'est de

12

l'eau qui bout. On a beau presser le couvercle, un jour, la marmite explose… »

Pensant à cette ébullition comprimée, il constatait que plus on écrasait le couvercle, plus les idées s'exacerbaient. Les journaux célébraient le paradis du métissage, tandis que de nombreux sites Internet dénonçaient l'invasion africaine, le remplacement des peuples, l'intégrisme exterminateur…

À quel moment précis la marmite a-t-elle débordé ? Le jour où sa fac, à Saint-Denis, a été attaquée au lance-roquettes ? Sinon, deux mois plus tard, quand la Bibliothèque nationale a brûlé – « ce temple de livres impies », fulminaient les auteurs de l'attentat.

Ses études interrompues par le désordre, il allait s'engager du côté de ceux qui tentaient de redresser ce pays chancelant. Et c'est alors, en rencontrant Christelle, qu'il a compris à quel point il se trompait.

Journaliste parisienne, de six ans son aînée, elle a déniaisé le presque puceau qu'il était, sexuellement, mais aussi politiquement. L'islam conquérant et dangereux ? Pas du tout ! expliquait-elle. Une réaction naturelle des peuples face à l'impérialisme américanosioniste ! La déferlante migratoire qui dévaste l'Europe ? Non, juste le prévisible retour de bâton contre les anciens colonisateurs ! L'impossibilité de créer une civilisation viable avec ce pot-pourri multiethnique ? Au contraire, c'est le creuset d'une ère nouvelle, la matrice d'un homme qui rejettera les chimères nationalistes.

Le corps de Christelle apportait à ce discours une vivante validation : la façon de galber sa croupe quand elle lui offrait de la prendre par-derrière et, plus convaincante encore, la jouissance des fellations.

Natif de Roubaix, il n'avait que vingt-trois ans et peu d'expérience amoureuse, encore moins celle de Paris. Christelle était son guide, sa première vraie maîtresse, sa formatrice. Elle lui apprenait la terminologie antiraciste, la phraséologie des droits de l'homme, le vocabulaire du multiculturalisme. Et quand, entre ces mots et la réalité, l'abîme s'ouvrait, elle le comblait avec son corps, long et très bien entraîné sexuellement.

D'ailleurs, davantage même que le plaisir, c'est cette grammaire d'idées qui comblait Tom : il maîtrisait le langage du Bien !

Un jour, ce jargon a montré ses limites... Une fusillade a éclaté à l'école maternelle « Petite Arche », à Créteil. La répétition avait rendu de tels assassinats presque banals et la nouveauté, cette fois, tenait au mode opératoire. Les terroristes filmaient la tuerie, interpellaient les enfants avant de les abattre et même, leur mettant une mitraillette entre les mains, faisaient d'eux des assassins involontaires. Certaines séquences, reprises sur le Net, étaient insupportables. Une fillette essuie le sang sur la joue de son camarade tué. Une éducatrice pivote frénétiquement pour protéger un groupe d'enfants et, la gorge tranchée, reste une seconde à genoux avant de s'écrouler. Un garçonnet tend au terroriste sa peluche et reçoit une rafale en plein visage...

La grammaire que Christelle lui avait apprise, celle qui pouvait tout justifier, a volé en éclats. «Non! Pas d'excuse! criait Tom. Il faut les fusiller! Tous!» Christelle a répliqué avec dédain: «Personne n'appelle à fusiller les soldats israéliens qui tuent les innocents. Qui a imposé à ces jeunes musulmans la loi du talion? Qui? D'ailleurs, les parents n'avaient qu'à envoyer leurs gosses dans une école non communautaire...»

Leur discussion a dérapé. «Un enfant n'a pas de religion, non!» hurlait-il. Christelle, plus experte en dialectique, citait des conflits «où la confession musulmane est criminalisée *de facto*». Leurs voix s'emmêlaient dans une vocifération de plus en plus acerbe mais, soudain, Tom s'est tu: Christelle lui adressait un sourire fuyant, les yeux mi-clos – un de ces appels qui lui coupaient la respiration d'une vague chaude de désir. «Bon, ça va, a-t-elle murmuré. On en parlera plus tard. Viens!»

Il s'est exécuté, avec sa hâte habituelle qui la faisait ricaner, s'est glissé entre ses cuisses, comme pour y trouver refuge... Jamais il ne s'était détesté autant qu'après ce coït. Le visage de Christelle est apparu de profil: la dureté dédaigneuse de quelqu'un qui a toujours raison.

Pourtant, elle aussi a été piégée par la fureur de l'Histoire. Les locaux de son journal ont subi une attaque et, en deux minutes, se sont transformés en brasier. Les survivants ont été accueillis par une rédaction alliée qui, à son tour, allait être incendiée... Ce qui partait en fumée c'était leur grammaire de mensonges qui avait si longtemps tenu la France en otage.

Tom voyait désormais une Christelle déboussolée, rongée par son dépit d'enfant gâtée. Et bafouillante, car privée de sa grammaire : « Ce gou... gouvernement de gau... gauche nous traite d'islamo-gau... gauchistes ! »

Il était tenté de lui dire que c'étaient ses anciens protégés qui brûlaient et tuaient et qu'à force d'exalter la « diversité », elle et ses amis avaient livré le pays aux hordes barbares. Et que...

Mais pourquoi l'accabler ? La guerre civile faisait rage, rendant inutiles ces débats d'intellos. Certains quartiers de Paris et plusieurs villes, dont son Roubaix natal, vivaient sous la *charia*. Le gouvernement s'efforçait de donner une illusion d'activité et a même cru utile de renforcer la loi contre les injures racistes. *Le Monde* et *Libération*, hébergés dans les locaux du *National-hebdo*, accusaient Poutine d'avoir provoqué, à l'aide d'une équipe de trolls, l'éclatement de l'Union européenne...

Non, ça, c'était l'une des blagues qu'un ami d'enfance, Gérard, lui racontait. Poutine avait quitté le pouvoir depuis des lustres. Mais bon... Il fallait s'amuser pour supporter la torpeur d'un été de guerre, l'oreille tendue aux fusillades, le nez irrité par l'odeur persistante des cadavres.

La marmite a donc bel et bien sauté.

Un soir, en rentrant de chez Gérard, Tom s'est aventuré dans le centre-ville. La présence de postes de contrôle étonnait moins que la disparition des arbres – seul moyen de se chauffer et de cuisiner. Il a dû montrer ses papiers à quatre reprises. Les combattants étaient difficiles à classer. Salafistes ? Membres d'une alliance communautaire ? Agents d'une milice privée ? Une heure avant le couvre-feu, il a hâté le pas et, en longeant le Louvre, a glissé sur du verre – un éclat de la pyramide soufflée par une bombe... Derrière l'Opéra, transformé en bunker, le macadam s'est de nouveau dérobé sous son pied – ce n'était plus du verre mais une traînée poisseuse dont la puanteur l'a saisi à la gorge. Son œil affolé a distingué un corps au crâne écrasé ! Il marchait dans la bouillie d'un cerveau...

Et c'est alors qu'une explosion l'a aveuglé, le projetant vers la carcasse carbonisée d'un car de tourisme.

Pourquoi avoir visé une cible aussi dérisoire que ce piéton solitaire et apeuré ? Sans doute un obus erratique, comme souvent dans cette guérilla désordonnée, sans stratégie ni ligne de front. Reprenant connaissance à l'hôpital Saint-Louis à moitié détruit, Tom s'est découvert presque aveugle et les deux jambes cassées.

Gérard a fini par lui dire la vérité. Christelle, informée de ce qui était arrivé, s'était exclamée : « Une carrière d'aide-soignante ? Très peu pour moi ! »

Tom a songé au suicide et serait probablement passé à l'acte si un chirurgien de l'unité militaire qui gardait l'hôpital n'avait réussi une opération de dernière chance, lui rendant la vue.

Au début, il suivait les événements grâce à un vieux transistor et c'est ainsi qu'un soir, dans une longue liste de victimes décorées à titre posthume, il a entendu le nom de Gérard et a pleuré la première fois avec ses yeux qui voyaient de nouveau.

Son séjour à l'hôpital lui avait fait manquer le lancement de ce qu'on allait appeler le Grand Déplacement. L'armée avait pris le pouvoir, arrêté les fauteurs de troubles et, ne prêtant plus attention aux glapissements des donneurs de leçons, imposé une mesure simple et radicale : des millions de personnes allaient être expulsées en Afrique, plus précisément, en Libye.

Les protestations n'ont pas duré – à la clarté de la décision répondait la rapidité de son exécution et surtout ce principe presque oublié : le bon sens. Le flot migratoire qui avait refusé l'assimilation allait refluer vers sa source. Et pour « l'élite » qui avait détruit la Libye, entre autres, cet exil devenait un châtiment bien mérité et, somme toute, clément.

Réinstallé dans son studio, rue Blanche, Tom vivait grâce à un espoir tenace : entendre, à l'interphone, la voix de Christelle…

Le reportage sur le Grand Déplacement a mis fin à ce rêve.

Il a enregistré ce documentaire et, à présent, le repasse plusieurs fois par jour. Dans la foule massée aux passerelles, beaucoup d'Africains et de femmes voilées, mais des Noirs et des Arabes sont aussi parmi ceux qui ne sont pas expulsés et appartiennent aux unités de gendarmerie. Non, l'exode est loin d'être exclusivement « ethnique » ! Les Français « de souche » y sont majoritaires. Tom reconnaît des vedettes de télévision, plusieurs patrons de presse, députés, ministres, tous ceux qui ont lancé les guerres au Moyen-Orient, des intellectuels stars – on les voit jucher un orateur sur une barrique vide. Les rédactions des journaux qui ont soutenu les massacres se mélangent dans une coulée bavarde et hargneuse. La caméra montre plusieurs notables religieux et chefs des ONG immigrationnistes. Les deux ex-présidents passent, escortés par leurs courtisans clairsemés...

L'avenir de ces bannis est annoncé par le général qui dirige l'opération : « En Afrique, ils construiront une société de leur choix. Mais ce ne sera pas la nôtre. » Et quand un journaliste lui demande quel genre de pays sera recréé en France, la réponse fuse : « Le pays où tu ne tueras point ! » Une tristesse mortelle fige son visage. Cet homme, Guy Lentz, a perdu ses enfants lors du carnage de la « Petite Arche »...

Chaque fois, Tom suspend cette séquence. Dans la foule des expulsés, il capte un regard qui semble l'épier – Christelle ! Son visage exprime une dureté sournoise : l'air de quelqu'un qui a beaucoup menti et qui hait ceux dont on ne pourra plus exploiter la crédulité. Serré contre elle, ce gars en jean défraîchi, Serge. Tom a toujours pensé qu'elle couchait avec ce type. À présent, cela n'a plus d'importance. Une certitude s'impose, pénible et libératrice : « En fait, elle ne m'a jamais aimé… »

Le vent soulève les pages du manuscrit posé sur la table, à la terrasse du Royal Ornano. Celle du titre volette vers le trottoir et je me hâte de la ramasser comme si un passant pouvait la lire. *Le Grand Déplacement,* écrit par Vivien de Lynden…

Le texte m'a été envoyé par sa mère. Une demande de conseil, comme celles que tout écrivain reçoit et auxquelles il évite de répondre. Formuler une critique vous expose à une nouvelle missive où l'auteur plaidera sa cause. Louer son texte vous engage à lui trouver une maison d'édition.

Ce qui m'a incité à le lire tenait à une densité mystérieuse que la rame de feuilles, cent pages à peine, laissait deviner. Et aussi à la senteur fugace que j'ai humée en les parcourant et que j'étais incapable d'identifier. Il aurait fallu être né dans cette vieille Europe, avoir passé mon enfance dans une maison où la vie des générations, les reliures des livres, la marche des saisons créent une essence légère et surannée qu'un étranger peut percevoir

– mais non pas reconnaître d'un seul battement de cœur. Une certaine Gaia de Lynden, assise à un bureau tendu de cuir, devant un jardin aux arbres nus, mettait sous pli le manuscrit de son fils… Non, je ne savais pas «lire» la brève fragrance qui s'est échappée de l'enveloppe.

Les premiers chapitres m'ont convaincu que l'auteur était impubliable – ce qui donnait envie de défendre ce jeune *desperado*, de lui répondre, ou plutôt d'écrire un mot à sa mère, car me délester du manuscrit en le confiant à un éditeur semblait délicat: j'aurais trahi un risque-tout qui avançait sans armure.

Ce *Grand Déplacement* avait bien saisi l'air du temps. Les attentats mêlés de plus en plus à l'existence ordinaire – grèves, élections, championnats de football. Un état d'âme trouble, hystérique ou apathique, le danger tantôt incarné par un jeune banlieusard porteur d'une bombe, tantôt désincarné dans un halo de forces occultes qui manipulaient ce pauvre bougre fanatisé. Le pressentiment de la fin du monde. Lynden en parlait comme d'une évidence. Je me demandais s'il n'avait pas lui-même été victime d'un attentat – cela eût expliqué son aigreur et l'entremise touchante de sa maman. Non, je ne pouvais pas jeter ce manuscrit dans la cruelle centrifugeuse éditoriale.

Le Grand Déplacement, un roman de Vivien de Lynden. Mentalement, je survole les premiers chapitres : les immigrés, les associations antiracistes, les médias, les élites, les financiers prédateurs, les intellectuels bellicistes, tous – expulsés en Libye, à la suite des deux ex-présidents, entourés de ceux que Lynden appelle « people », penseurs télégéniques, starlettes décérébrées, footballeurs milliardaires… Cette caste futile côtoie des femmes voilées et des hommes barbus auxquels se mêlent les promoteurs du multiculturalisme, ce « mélangisme » obsessionnel qui a toujours cohabité, dans ces « têtes pensantes », avec les revendications ethnicistes les plus effrénées. Quel libraire oserait exposer ce volume ? Et quel critique se risquerait à signaler sa parution ?

D'ailleurs, qui est-il ce Vivien de Lynden ? Un frêle rameau d'un arbre généalogique rabougri ? Ça pourrait être une excuse : un jeune aristo perturbé par la fébrilité de l'Histoire, un « fin de race » empêtré dans des armoiries poussiéreuses. Des idées délirantes ? Mais avant la fusillade dans une école toulousaine, qui n'aurait pas trouvé délirant qu'on puisse tuer des enfants à bout portant ?

Cet argument ne passera pas, je le sais. Lynden est trop radical, même si tant de Français « rêveraient de foutre dehors ces bobos et leurs protégés », comme déclare son roman.

Éditer ce *Grand Déplacement* est le moyen de se faire haïr par tout le monde. Les Blancs, les Noirs, les antisémites (le général qui conduit l'opération est un Ashkénaze), les racistes car beaucoup de Noirs et d'Arabes ne sont pas expulsés, les catholiques (un contingent d'évêques croupit dans les cales d'un ferry), les féministes (le livre promeut un mode de vie plutôt traditionnel), les «créatifs» – l'art contemporain («comptant pour rien», selon Tom) n'est plus subventionné, les journalistes, les politiques, les députés européens...

Bon, il s'agit d'une anti-utopie pamphlétaire, du même genre que le roman de Louis-Sébastien Mercier, *L'An 2440*, ou bien *Le Napus, fléau de l'an 2227* de Léon Daudet qui racontait déjà un dépeuplement soudain. D'ailleurs, les délais du futur utopique se resserrent. En 1770, Mercier campait un monde à plus de six siècles de distance. *Le Napus* de Daudet, publié en 1927, faisait un saut de trois cents ans. Les lecteurs d'Orwell, eux, n'ont eu que trente-cinq ans à attendre – en 1984, l'empire totalitaire était sur le point de sombrer...

C'est ainsi que la critique devrait analyser *Le Grand Déplacement* – subversif comme tous les romans d'anticipation. Mercier, dans son *2440*, dépeignait un Versailles en ruine, une audace pas vraiment anodine sous Louis XV!

Je réussis à me convaincre que le texte de Lynden résistera à l'ostracisme idéologique. La seconde partie s'ouvre sur une France rétablie où une femme, s'en allant au travail, dit à son enfant: «Tu laisseras la clef sous le paillasson, d'accord ? » Ô, l'époque bénie des clefs sous le paillasson !

Ce Lynden n'est qu'un jeune rêveur déboussolé par nos temps cataclysmiques. Un frêle esquif humain dans la tempête. D'ailleurs, a-t-il déjà publié ? J'allume mon portable, espérant découvrir, sur Wikipédia, un profil moins raide que celui du narrateur. Du genre – petit Parisien ayant fait ses études à Henri-IV, avec père haut fonctionnaire et mère femme au foyer…

Pas d'article mais, renvoyé d'un site à l'autre, je capte les contours : Vivien de Lynden, vingt-sept ans, famille apparentée à une lignée de noblesse flamande, études secondaires à Bruxelles, lettres classiques à la Sorbonne… Un recueil de poèmes, « autoédité » : *Rares êtres à aimer*. Un très joli titre ! Le seul écho – cette pique sur un forum de Médiapart : « Les nouveaux réacs se mettent aux vers. » Grâce à ce libelle, je retrouve un bout du poème incriminé, *Le Sauveur*, imaginant des strophes à mi-chemin entre Péguy et Brasillach – vitraux et ventaux, heaumes et dômes… Ah, non !

Des hordes de métèques et de garces imbuvables
Grouillaient sur mon chemin et riaient aux éclats.
Je les observais d'un œil triste et las,
Cherchant pour ce monde un salut improbable.

Soudain, d'une brasserie au nom si bizarre –
Reflet d'un pays disparu – *Douce France*,
Surgit une ruine masculine d'élégance…
Le monde fut sauvé par son âpre cigare !

L'illusion était trop belle : un jeune poète qu'une mère dévouée voulait aider à devenir célèbre… Et encore, j'ai remplacé par « imbuvables » un adjectif bien plus grossier ! Il faudra dire à cette Gaia de Lynden que si son fils suit la même pente, il n'écrira jamais un livre digne de ce nom !

Et ce *Grand Déplacement* ? Cette chronique grinçante rédigée par l'enfant perdu d'un siècle égaré ? Ces héros aigris et meurtris, et les quelques instants de grâce sauvés dans un quatrain, et le néant d'une nuit d'insomnie, et nos jeux risibles au bord de l'abîme, et le rêve de revivre après la mort, de réapparaître dans la grisaille de ces rues, dans la poignante mélancolie d'une promesse d'amour, fugace comme cette passante dont j'intercepte une seconde d'intimité, une femme à qui je devrais parler de ce livre unique, salvateur, inexistant et que Lynden cherche à écrire pour rédimer notre monde plongé dans la fausseté et la laideur.

… Plus de vingt auparavant, j'avais assisté à la défaite d'une refondation de l'humain : un mouvement spirituel resté peu visible car ses adeptes menaient une vie d'apparence ordinaire.

Ils se prénommaient, entre eux, *diggers* : ceux qui creusent, cherchent au-delà des mensonges de la société. J'ai visité leurs confréries – en Australie, en Afrique, au Tibet – qui annonçaient ce que la planète aurait pu devenir. Le souvenir que j'en garde est peu théorique bien que la philosophie de Théodore Godbarsky eût alimenté leurs activités. Je me remémore un vent ensoleillé au pied des monts Gawler, dans le sud australien, le lotissement d'un ancien placer minier et une équipe qui entame son installation – le début d'une aventure où chacun renaît en oubliant la peur, la soif de posséder, la mort.

J'ai lu plusieurs livres parlant de cette *Alternaissance*, comme disaient les diggers, de leurs combats et de leur échec. C'est pour cette raison que le texte de Lynden me touche. Acerbe, passéiste et futuriste, il rejette la société où les hommes s'entre-dévorent sur une boule de terre de plus en plus exiguë. Parmi les derniers diggers, je pourrais peut-être m'aboucher avec un imprimeur qui lancerait un tirage confidentiel, suffisant à l'orgueil de l'auteur.

Mais d'abord, voyons ces chapitres postapocalyptiques où il rêve du meilleur des mondes.

... En Libye, le Grand Déplacement a fini par porter ses fruits. Après une période d'anarchie et de soubresauts politiques, la paix s'est imposée dans une douceur de vivre méditerranéenne. Les exilés ont réussi leur reconversion. Un ancien ministre du Budget, condamné en France pour corruption, a fondé une banque d'entraide agricole – les cultures vivrières sont une priorité et ce domaine attire nombre de jeunes, surtout les intermittents du spectacle. À Benghazi, jadis détruit par l'OTAN, le gouvernement a ouvert une université où un penseur parisien a lu sa leçon inaugurale « Mon rôle dans la victoire des printemps arabes ». Sifflé, l'homme a opté pour un sujet plus réaliste : « La responsabilité des intellectuels dans les guerres humanitaires »... Les politiciens, cette camarilla arrogante et improductive, ont découvert la joie d'un vrai travail – la relance de la voirie et des réseaux électriques, la production des biens de consommation courante, la construction de logements. Ils n'ont connu que deux défections : un ancien Premier ministre et une ex-maire de Paris ont fui en direction de l'Espagne.

Capturés par une tribu touarègue, ils ont été libérés en échange de trois bidons d'huile d'olive. Et la plasticité avec laquelle les destins se restauraient dans cette nouvelle Libye a, encore, produit un effet salutaire : les deux fuyards ont créé un studio de cinéma et lancé une série picaresque, vite devenue culte, *L'Auberge catalane*...

Les journalistes, autrefois stipendiés pour répandre le nauséeux politiquement correct, sont parvenus à se régénérer. *Le Monde*, rebaptisé *Gloria Mundi*, est devenu, à la stupéfaction générale, un excellent journal d'information. Ses collaborateurs en avaient les yeux exorbités – tant était grand l'ahurissement de ne plus faire de la propagande quotidienne. *Libération*, fidèle à son esprit soixante-huitard poussivement espiègle, s'est trouvé un nom très « cool » : *Libyeration*... Quant à *L'Obs*, sa réussite a été encore plus éclatante. Le journal s'est scindé en deux : un magazine érotique *Obsession* et une revue humoristique *Oups !* On a même vu un célèbre critique littéraire s'engager comme éboueur dans un hippodrome, sur les rivages de Syrte...

Enfin, la métamorphose la plus époustouflante a rebattu les cartes dans la vie des deux ex-présidents. Leurs conjointes les avaient quittés, attirées par le cinéma - deux rôles inoubliables dans *L'Auberge catalane* : danseuses du ventre au music-hall tripolitain. Les maris délaissés ont surmonté leur chagrin en épousant des femmes du cru dont la volupté orientale a calmé les ambitions fébriles de ces perdants. Le premier a ouvert une horlogerie de Rolex (et sa faconde est passée dans le folklore local : « Vous voulez que je vous dise le prix de cette montre ? Eh bien, je vais vous le dire, ce vrai prix... »). Le second, élu maire de Mourzouk (douze mille habitants), a promis à ses administrés « une gouvernance normale ». Ces choix correspondaient exactement à l'envergure intellectuelle de l'un comme de l'autre...

Je soupire avec un soulagement mêlé de dépit. Le récit se change en facétie romanesque, augmentant ses chances de déjouer la censure. Mais...

En France, on a restauré le « pays réel », « une patrie historique ». Une jeune maman va chercher son enfant à l'école et se réjouit de ne plus côtoyer des mères « issues de la diversité » dont il fallait supporter « les effluves ». Un garçonnet blond rentre d'un cours de gym, le soir, et ne craint plus d'être agressé par « la racaille ethnique ». Un couple s'installe dans un immeuble, libéré grâce au Grand Déplacement, et s'étonne de voir une porte blindée – précaution désormais inutile. Les députés, oubliant leurs lamentables magouilles politiciennes, font entendre des mots inusités : « honneur », « devoir patriotique », « identité française »... Un prêtre parle de son prédécesseur, égorgé jadis par les terroristes : « Son sang a lavé deux siècles et demi d'impiété ! » On prie beaucoup dans cette France recréée – une scène enlumine la beauté d'une jeune femme à la chevelure claire, nimbée d'extase, les yeux levés vers le visage dolent de la Vierge. Un jeune homme contemple la délicate orante et ne peut retenir une larme qui coule sur sa joue...

Bon... Pour être honnête, je préférais le désordre joyeux de la nouvelle Libye. Oui, je me voyais mieux dans un bar malfamé du port de Zouara qu'en transe sous le vide glaçant d'une nef.

Pourtant, j'avoue, la chute est bluffante ! Une pirouette à la française : ironie assassine, deuxième degré appuyé, absence de moralisme car les adversaires sont renvoyés dos à dos. La Libye renaissante qui sent le sable chaud. La douce France et l'ennui qu'on subit en compagnie de cette fille aînée de l'Église. Bien joué, Lynden !

Il me reste trois feuillets à lire mais l'envie n'est plus là. Je pensais avoir rencontré un jeune auteur héroïque allant d'un pas ferme au-devant de l'inquisition. Or, le héros s'est dérobé, fuyant dans le romanesque, le sarcasme, le badinage anti-utopique. Vingt-sept ans, est-ce à cet âge qu'on perd aujourd'hui ses idéaux de jeunesse ?

Je n'aurai aucun remords à envoyer un mot d'esquive à madame de Lynden : « Un professionnel de l'édition saura, bien mieux que moi, évaluer les chances de ce roman et donc... » Ce soir, invité à un « apéritif dînatoire », je vais sans doute croiser un éditeur à qui confier ce manuscrit encombrant...

Dans le métro, je me demande si, parmi les passagers, quelqu'un pourrait... non pas aimer mais, au moins, ne pas trop détester ce texte ? Le quartier est «multiculturel», un «brassage» que prônent les intellectuels et où ils ne viendront jamais habiter.

Je souris, me surprenant à parler comme Tom du *Grand Déplacement*. Pourtant, cette mince centaine de pages garde son étrange densité – imprimée, dirait-on, dans leurs caractères. Peut-être Gaia de Lynden, mère aimante, y avait-elle deviné la douleur que le côté satirique m'a empêché de voir ?

Les conversations, à l'«apéritif dînatoire», entrent en résonance avec *Le Grand Déplacement*, comme souvent quand un livre que nous venons de lire nous impose la texture de son temps et le rythme de ses phrases.

Une trentaine de personnes se pressent déjà dans le salon de ce vaste appartement, rue de Bellechasse, mais d'autres continuent d'arriver. Un auteur de «non-fiction romancée» explique l'urgence de revenir au réel (oh, si seulement il pouvait définir ce fameux «réel»!), son interlocutrice opine tout en essayant d'attraper un petit rouleau de saumon dans l'assiette posée sur ses genoux. Un homme, jeune encore mais affligé d'un gros ventre bizarrement décentré, s'immisce dans un trio de femmes: «Non, Laurence, le populisme est un phénomène mondial!»

Sur le balcon, quelques fumeurs commentent la nécessité d'ouvrir des centres d'accueil pour les migrants. Un Algérien aux cheveux blancs et au regard triste (on le présente comme «musulman modéré») les rejoint au moment où l'un d'eux s'exclame : «Et aussi des centres de déradicalisation!» La coïncidence crée une gêne qu'ils essayent de dissiper en parlant du pape qui montre l'exemple en lavant les pieds aux immigrés. L'homme au ventre gauchi (c'est un journaliste de télé) m'aborde avec une bienveillance paterne (il a l'âge d'être mon fils) : «Alors, vous nous préparez quelque chose?» Le «musulman modéré», une bouteille à la main, propose de remplir nos verres, ce qui m'épargne la réponse. Tout en buvant, le jeune ventru enlace une femme dont le visage, retendu par la chirurgie, est figé malgré l'ironie de sa réplique : «Oh, Loïc, toujours aussi séducteur!» Leur roucoulement les éloigne de nous.

«La question sur "ce que vous nous préparez", on me la pose aussi, dit le "modéré" avec son sourire triste. Si on demandait cela à un conducteur de bus, ça paraîtrait loufoque, non?»

Il a publié un livre sur la femme en Orient, ce qui lui vaut son titre de musulman modéré. «Avant, j'étais juste l'Arabe de service. Devenir un "modéré" doit être une promotion sociale, je suppose.»

Autour de nous, les voix s'échauffent : la «chute» d'Alep, les massacres que le «régime» va perpétrer, les «rebelles» et «leur lutte pour la démocratie». Les noms des «groupes d'opposition» mal articulés par un convive font sourire l'Algérien : «Il vient de dire un mot très ordurier en arabe.» Je lui demande s'il est invité à commenter ces guerres où le pétrole se mêle au sang. Sa réponse me frappe: «Invité pour approuver leurs mensonges? J'ai soixante-deux ans – assez pour savoir que les bassesses qu'on a commises, on les payera de son vivant. Et le châtiment, c'est la laideur. Regardez comme ils sont tous laids!»

C'est vrai, une vive sensation de disharmonie se dégage de ces bouches tordues par l'hypocrisie partagée, des yeux qui louchent comme ceux des enfants fautifs... Je crois avoir déjà observé ces grimaces! Oui, chez Lynden qui racontait un cocktail où s'égosillaient les futurs candidats au Grand Déplacement.

À travers la foule, le gros Loïc hèle l'Algérien: «Kader, on parle de toi. Tu peux venir un moment?» Un couple arrive et nous cache derrière les embrassades. «Je me sauve, chuchote l'Algérien. Couvrez ma fuite, s'il vous plaît.»

L'expression, un peu «commando militaire», m'amuse, je me redresse et, tête courbée, il file vers la sortie. Je voudrais en faire autant mais une femme me demande d'un air de conspiratrice: «Qu'est-ce que vous écrivez en ce moment?»

Elle m'écoute à peine, se mêlant à d'autres conversations, parlant d'une voix forte, en contraste avec son corps chétif. Ils proclament la «nécessité absolue de faire barrage aux *fake news*»...

35

Et moi qui espérais y alpaguer un éditeur pour le livre de Lynden! Je me résigne, devenant un simple regard qui constate à quel point tout cela est faux. Ce pape embrassant les pieds des migrants (pourquoi pas les pieds des clochards qui pourrissent, par milliers, à l'ombre de ses églises?). Et ce sobriquet de «modéré» dont on affuble un homme à qui l'on fait comprendre que son but suprême est l'intégration. Mais s'intégrer à quoi? À cette bulle de bobos bien protégée des dérangements extérieurs?

Loïc raconte que, pour protester contre le «retour à l'ordre moral», une peintre transgenre ajoute aux pigments la matière de ses menstrues et le sperme de son.sa conjoint.e. Un artiste moscovite explique «sa performance»: nu, gisant sous une plaque de béton (en polystyrène), il dénonce les atteintes à la liberté des artistes en Russie… Une statistique me revient à l'esprit: tous les deux jours, un paysan français se suicide, écrasé par les dettes. Et soixante-quinze mille femmes sont violées chaque année dans ce pays. Huit par heure!

Les conversations suivent leur cours, un trajet bien balisé. Tout le vocabulaire est là: antiracisme, tolérance, migrants, vivre-ensemble, multiculturalisme, art contemporain, pas d'amalgame… Cependant, on y sent une évidente fatigue verbale, un doute lancinant, la crainte d'une imminente démystification, d'une culpabilité bientôt établie. C'est Lynden qui en parle dans son manuscrit: «Les bouches et les gazettes psalmodient des mantras humanistes mais les cerveaux savent que de moins en moins de naïfs se laissent berner. La lassitude du langage... »

Je me sauve, louvoyant entre les invités. Une réplique de leur chœur me suit : une réception, offerte par un capitaliste mécène, sur l'île de San Giorgio, et la liste de ceux qui y ont été admis. Les noms de ces chanceux sont exhalés avec un soupir préorgasmique. Ce petit monde qui se prétend si égalitaire est, de fait, très hiérarchisé – les invités de la rue de Bellechasse éprouvent une jalousie âcre pour les élus de San Giorgio, comme d'autres rêveraient de se retrouver dans ce salon.

Chez moi, je lis les dernières pages de Lynden, celles que j'avais négligées tout à l'heure.

... Tom le savait désormais : quelle que fût la voie empruntée par l'humanité, elle menait à l'impasse. Révolutions, contre-révolutions, mirages libéraux, tours de vis rétrogrades, activismes ou immobilismes, rien de tout cela ne promettait une vie transfigurée. La société occidentale, avant le Grand Déplacement, était une ferme d'élevage produisant des citoyens châtrés par le consentement des craintifs. La nouvelle société libyenne, d'un archaïsme pittoresque, ne pouvait exister qu'en autarcie ou être dévorée par une modernité prédatrice. Quant à la fille aînée de l'Église, la France restaurée dans ses vertus fantasmées, elle cachait en son sein la cause de son futur décès : l'ennui d'une existence ritualisée, dévitalisée. De ces impasses humaines, Tom souffrait davantage que de ses blessures d'autrefois... Il se rendit en Libye et c'est à Sebha, dans le musée local, qu'il eut cette révélation : une toile modeste, intitulé *La Qibla*, montrait un désert, enveloppé d'un crépuscule mauve, où chaque grain de sable irradiait la beauté. On voyait à peine la figurine d'un vieillard qui priait, on devinait qu'il avait les yeux fermés. Tout au fond de cette immensité cosmique, se profilait une caravane confondue avec l'ombre des montagnes... Tom resta un très long moment devant ce paysage. La vérité qu'il avait si âprement cherchée était là – indépendante de l'Histoire, de la férocité des hommes, des grandes idées toujours avides de sang. Indépendante, même, de la religion. La vérité devenait absolue grâce à ce couchant et au silence du vieillard, grâce à son regard, intérieur, sous les paupières baissées...

En quittant la Libye, Tom se disait qu'il ne saurait plus jamais éprouver cette plénitude libératrice, découverte sur la toile de *La Qibla*. Il le pensait en ce jour clair de fin d'automne, la même année, la douzième après le Grand Déplacement. Contournant l'église de la Trinité, il évita la foule qui envahissait le parvis. Tout le monde s'empressait de venir à la messe, dans cette nouvelle France... Tom allait emprunter le passage qui, derrière l'église, menait à « sa » rue Blanche, quand la silhouette d'une dame âgée vêtue de noir attira son regard : elle hésita à affronter l'attroupement puis, découragée, s'en alla lentement. Tom s'arrêta. Ce qu'il voyait était d'une grande simplicité : ces pavés tapissés de feuilles sèches que le vent ensoleillé remuait doucement, la pierre fatiguée des absides, les branches nues d'un jardin derrière une grille, le silence à l'écart des voitures, comme dans une ville de province. Et la femme dont il croisa le regard et qui appartenait à cet instant de soleil... Soudain, l'écho des orgues, amorti par les murs, vibra dans l'air et fit imaginer l'intérieur rempli de fidèles et ce triomphe sonore qui se débattait sous la nef en quête de lumière éternelle. Étrangement, son extase résonante parut superflue. L'éternité se trouvait dans le reflet de clarté sur les feuilles brunies, le calme d'un jardin de décembre, la lenteur avec laquelle cette inconnue partagea, brièvement, la vie d'un passant, « ma vie », se dit Tom.

Il l'accompagna du regard jusqu'au tournant de la rue et, reprenant la route, pensa que ces minutes avaient exprimé la seule foi dont il ne doutait pas : le silence de *La Qibla* et la lumière de cet instant de décembre, derrière l'église de la Trinité.

C'est sur ce chemin-là qu'on parvenait au vrai Grand Déplacement.

Le nom d'un des diggers, rencontré en Australie, me vient à l'esprit : dans ses livres, il avait autrefois chroniqué leur étonnante et tragique aventure... C'est lui qui s'occupait des publications de leur mouvement.

Gabriel Osmonde.

II.

Dans le monde d'Osmonde

J'éprouve la culpabilité des retrouvailles intéressées : sans cette obligation de « caser » le texte de Lynden, je ne serais peut-être jamais revenu chez Gabriel Osmonde.

Il habite rue de Belsunce, dans sa « tanière » – en fait, un souplex : au rez-de-chaussée, un bureau, une cuisine, une douche et des toilettes ; au sous-sol, une grande pièce biscornue où une cheminée jouxte une salle de bains séparée par un paravent en lattes de bois. À soixante-treize ans, c'est devant le feu qu'il médite, en compagnie des photos de femmes sur les murs.

« Vous n'avez pas à me prévenir, m'a-t-il toujours dit. Si vous sentez mon cigare dans le soupirail, c'est que je suis là... »

Je me courbe au-dessus de cette trouée grillagée, au ras du trottoir : l'amertume d'un havane picote mes narines.

J'ai croisé son chemin plus de trente ans auparavant. Un soir, sans nous connaître, nous avons joué un rôle chevaleresque et vain, dans la rue des Petits-Hôtels. Une jeune prostituée (une Roumaine?), battue par un homme, émit une plainte, un cri d'enfant presque... J'habitais alors ce quartier, Osmonde, lui, quittait une cabine téléphonique (cela existait encore). Nous repoussâmes le gars – un petit mâle brun, au regard torve. Une matrone, en poncho noir, surgit, parlant deux langues : du piètre français enjôleur pour nous et le chuintement vipérin adressé au proxénète, dans une langue plus rare que le roumain. Nous préférâmes croire que l'incident était clos et, au reste, qu'aurions-nous pu faire? Livrer le type à la police? Sauver la fille en l'épousant? Au moment où nous partions, elle leva la tête et ce que nous vîmes nous arracha une exclamation hébétée. C'était un visage d'une perfection absolue! Une goutte de sang rayait le contour, ciselé, des lèvres. Halluciné, Osmonde chuchota : « Je n'oserais même pas la toucher! Et pourtant... »

Ce « et pourtant » condensait l'essence de sa vie.

Le plus simple eût été de voir en lui un homme à femmes, son physique d'amant latin s'y prêtait. Sur les photos accrochées dans sa « tanière », il vieillissait ou rajeunissait – les vues ne suivaient pas la chronologie. Un cliché, aveuglé de soleil, portait une légende : « Pearl Beach, juin 1992 ». L'hiver australien, une femme marchant vers l'océan avec un sourire bravache... En ces années, il travaillait dans le « trade marketing » d'outillages miniers. La photo voisine avait été prise la nuit : lui, en smoking, accroupi au bord d'une piscine et une baigneuse dont le flash avait blanchi les seins et rougi les yeux. Sicile, été 1988. « Je représentais les viticulteurs locaux », me racontait-il... Et aussi cette dormeuse nue dans un hamac – le filet donnait à sa croupe un aspect gastronomique. « C'était en Colombie. Je dirigeais une boîte spécialisée dans la vente de moyens d'autodéfense... »

Après notre exploit dans la rue des Petits-Hôtels, Osmonde poursuivit son insolite trajectoire : extraction minière, viticulture, publicité, chaîne hôtelière, location de voitures de luxe, distribution des produits numériques, courtage...

Je croyais qu'il rencontrait les femmes au gré de ses activités. Or, la situation avait toujours été inverse. Pour vivre une histoire, souvent très brève, il changeait de profession, de pays. Sa carrière, pleine d'embardées, se laissait guider par le désir seul – un peu amer, car désirer ne survivait pas à posséder, la vraie extase étant le souffle suspendu du chasseur qui vise la proie. Il pouvait tomber amoureux d'une marque de parfum si sa distribution était assurée par une femme qui lui plaisait. Chef de produit, chargé d'études, chef de promotion, directeur du marketing… L'un de ses patrons, un marchand d'alcools, en Argentine, qui ne voulait pas le perdre, s'exclama un jour : « Bon, je mettrai une comédienne de films X derrière chaque bouteille ! » Une pique injustifiée car, avec l'âge, Gabriel cherchait plus que la simple capture des proies.

Qu'avait-il découvert auprès des diggers ? Dans l'un des livres fondateurs de leur communauté, *Nos trois naissances* de Théodore Godbarsky (Godb, comme ils l'appelaient), Osmonde a lu, un jour, ce fragment :

Notre Première naissance, biologique, est celle d'un agrégat de cellules, apte à se reproduire et condamné à disparaître dans vingt ou trente mille jours. À se désagréger. La Deuxième naissance, sociale, suit la Première : le tout jeune animal commence à exister pour les autres. Son parcours sera humble ou flamboyant, la mort le frappera dans vingt ou trente mille jours. Triste sort auquel nous nous accrochons, poussés par les deux arguments de la vie – la peur de mourir et la faculté de jouir. L'orgasme est leur intersection : le plaisir y croise la perpétuation génétique et alimente notre combativité qui nous permet d'affronter l'absurde – longues années de dressage scolaire, pénible joug professionnel, vieillissement, décès. Cet élan vital ne suffit pas. La fréquence des suicides le prouve : pour tuer l'être social qu'on a fait de lui et dont il souffre, l'homme tue son être biologique...

Si le livre de Godb n'avait été que ce constat de notre rapide péremption, Osmonde l'aurait rejeté – un havane et un corps féminin rachetaient cette brève tragicomédie. Or, là où le lecteur attendait une promesse mystique d'outre-tombe, se trouvait exposée une vision tout autre. Nos deux naissances, animale et sociale, dépassées, la vie s'ouvrait à la Troisième, non pas dans un nébuleux après-mort mais au milieu de notre quotidien.

Osmonde resta incrédule, prêt à ranger cette nouvelle vision parmi les tentations ésotériques de sa jeunesse, des théories qui faisaient miroiter un salut et laissaient le croyant avec un fatras de formules magiques sans effet dans la routine de son existence. Or, Godbarsky parlait d'une vie violemment réelle, crue, charnelle et où les faux-fuyants spiritualistes ne pouvaient pas tenir une seconde. Refuser ce pari équivalait à mourir avant l'heure !

Dans le chapitre intitulé *Le Champion absolu de la Deuxième naissance*, Osmonde rencontra un homme dont le destin lui rappelait le sien.

1922, Smyrne, fin d'un périple de détresse : la révolution russe, la guerre civile, la défaite de l'Armée

47

blanche dont les débris s'étaient échoués en Turquie. J'allais quitter un hôpital smyrniote le jour où les Turcs perpétrèrent de terribles massacres – des milliers d'habitants éventrés, égorgés, violés... Je m'étais déjà procuré de faux papiers et, ma valise à la main, je traversais la ville noyée dans le sang... Soudain, un cri dépassa en horreur tout ce qu'il m'avait été donné d'entendre. Je voulus passer outre mais la honte m'obligea à pousser ce portail... Un adolescent tentait d'échapper à un sabreur qui prenait plaisir à faire durer l'exécution : il marchait à travers la cour et, de temps en temps, son arme s'abattait à quelques centimètres du jeune martyr qui courait d'un recoin à l'autre. Enfin, le garçon se blottit contre un mur, défiguré par l'effroi mais déjà résigné... Je criai deux ou trois mots turcs que je connaissais, montrant mes intentions pacifiques. Le soldat fit un pas vers moi, le sabre brilla... Je n'avais d'autre bouclier que ma petite valise – la lame la fendit, s'enlisant dans le cuir du fond. Je tirai mon bagage furieusement, avec l'arme plantée en son milieu. Le Turc bondit, mais mon réflexe d'officier de cavalerie m'aida à récupérer le sabre et à frapper l'homme sous les genoux. Il hurla et, désarticulé, s'affala le long du mur où se tenait mon Levantin terrorisé... Nous filâmes, réussîmes à prendre la mer et, pendant le voyage, j'appris que l'adolescent se prénommait Aristote, origines grecques obligent, et que ses proches venaient d'être tués. Il avait de la famille en Argentine, s'y rendit, excella en affaires et devint l'illustre Aristote Onassis... En vieillissant, nous préservâmes un reflet de notre première rencontre : lui, cet enfant avide de vivre, moi, jeune officier atteint par la mélancolie d'avoir trop vécu. Quand l'alcool le rendait sentimental, il se mettait à me remercier de l'avoir sauvé. Je désamorçais ces effusions en parlant de ma petite valise coupée en deux.

L'homme est trop célèbre pour que j'aie à redire sa vie. Le succès d'un jeune banni qui avait débuté en vendant des allumettes à Buenos Aires. Il exprimait son credo sans fausse modestie : « Certains veulent quelque chose de tout. D'autres tout de quelque chose. Moi, je veux tout de tout ! » Ce « tout de tout » devenait de plus en plus vaste, planétaire : bateaux, îles, marchés, ports, femmes – nuées de femmes brillantes. Le simple fait d'accumuler ne lui suffisait plus, il lui fallait une mise en scène, un show. Posséder une diva ? Il a fait mieux : l'enlevant sous le nez d'un époux ébahi, entraînant sa proie sur un yacht, tel un corsaire. Il me le racontait avec son rire carnivore. Mais j'entendais, en sourdine, sa voix d'adolescent apeuré.

Un soir, à Gênes, nous étions seuls sur son bateau. Le port déversa son vacarme, puis, les bruits se feutrèrent. Nous parlions, installés dans le bar du yacht, moi allongé sur un canapé, lui assis sur un tabouret tendu de cuir. Soudain, il se leva, attrapa sur un rangement une photo encadrée (c'était la Callas), la dévisagea, la reposa en la tournant vers le mur... « Je l'ai... aimée. Ou plutôt, je me sentais obligé de l'aimer. À toi, je peux le dire. Puisque tu m'as sauvé la vie. Je sais, je sais, ta mallette coupée en deux... Non, écoute-moi ! J'ai... Je n'ai jamais aimé cette femme. »

Il se tut comme si ç'avait été une révélation pour lui-même. Puis, se secouant, il chercha à dissiper cet air de gravité. « Tu vois, ce tabouret. Devine d'où vient le cuir. Comment ? De la peau de tortue ? Non, plus rare que ça. Des prépuces de baleine ! Un bon freudien y verrait mon désir de sodomiser mes invités sans distinction de sexe. Et là, regarde, encore une preuve de ma nature insatiable... » Il ouvrit une porte en verre derrière le bar. Des bocaux de cristal y faisaient étinceler leurs facettes.

« Seize sortes de caviar ! Même à la cour du tsar, il n'y en avait que douze. Oui, seize et c'est tout ce qui existe dans le monde ! » Il sortit deux bocaux, puisa dans chacun une cuillérée, dégusta en connaisseur. Son visage resta triste.

« Et tu sais lequel est le meilleur ? Le sterlet de la Caspienne ? Non, il y a mieux... Des sardines grillées, dans un petit village monténégrin, au bord de la mer. La femme qui les vendait venait d'être surprise par une averse. Pas toute jeune, une veuve qui avait perdu son mari pendant la guerre... Sa robe noire, détrempée, moulait un buste généreux, des hanches larges. Une grosse poissonnière, quoi. Et pourtant, je n'avais jamais autant désiré une femme. Pour pouvoir serrer ses seins mouillés sous un tissu noir, j'aurais donné mon yacht avec son caviar et ses conneries de prépuces ! C'était plus qu'une soif de chair. Je suis tombé amoureux de sa robe, et de la fumée du brasero, et de la pluie qui chuintait sur le feu... Son corps donnait à cette soirée un rythme qui rendait toutes ces touches uniques et vraies. Il attirait la beauté... »

Il s'interrompit, le regard noyé dans une journée pluvieuse de sa mémoire. Puis tonna son rire sourd, mêlé d'aigreur.

« Et le corps de Jackie attire des diamants, ha, ha, ha ! Je ne sais pas ce que ce pauvre Kennedy lui trouvait. Des fesses flasques, des jambes sans relief, pas de seins. Les journaux disaient que, par l'intermédiaire de Jackie, je baisais les USA qui m'avaient toujours été hostiles. Mais, en fait, avoir Jackie m'était nécessaire pour prouver que tout cela était insignifiant. Les îles que j'achetais, la Callas que j'avais prise un jour dans sa loge de diva, ou encore cette Jackie... Des réussites de cent mille carats dans notre foire de vanités ! »

Son regard se durcit dans un éclat sans pitié.

« Jackie a trouvé un truc pour me piquer du fric. Elle commande une douzaine de robes très chères en les payant sur mon compte, en garde une et se fait rembourser cash les onze autres. C'est malin, non ? Je me suis souvent demandé ce qu'elle pensait quand elle me faisait une fellation. Sans doute, mentalement, me traitait-elle de vieux bouc, de sale Grec. Nous savions paraître amoureux, en public, tout en nous détestant, au fond... À Dallas, au moment de l'attentat, elle a essayé de fuir, d'enjamber le dossier de son siège. On le voyait sur toutes les photos. Mais juste avant, elle s'est mise à ramasser les éclats du crâne de Kennedy comme si l'on avait pu recomposer sa tête. Je pense qu'inconsciemment, elle voulait restaurer la situation qui faisait d'elle la première dame de la planète... Quand je crèverai, elle ramassera tout ce qu'elle pourra dans le gros tas d'or sous mon cadavre... »

Sa voix résonna avec une tonalité d'autrefois, celle d'un adolescent jeté dans le tumulte du monde :

« Souvent je reviens, en pensée, à cette Monténégrine. Je sais que même si elle m'avait ouvert ses bras, elle n'aurait rien voulu recevoir. Elle avait déjà tout : cette pluie, le feu, le bruissement des vagues... Je suis reparti dans mon jet, j'ai dormi dans un palace à Trieste, malheureux comme un chien battu. Car j'étais le grand Onassis contraint à aimer les symboles voraces de la farce humaine et non pas les femmes aux beaux visages las, aux grands corps généreux, à la lenteur qui répondait à une mer assoupie... Je voulais avoir tout de tout et je crois l'avoir possédé, autant qu'un homme peut le faire. Sauf que maintenant, je découvre que ce tout n'est rien. Et que le vrai tout est du côté de la poissonnière dans sa robe détrempée, dans la senteur du thym sur son brasero, dans cet instant venant d'une vie divinement autre et que j'ai manquée. »

Il se tourna vers moi, me serra l'épaule, en parlant avec une passion que d'habitude son intonation désabusée dissimulait.

« Il m'est arrivé de tant en souffrir que j'en venais à regretter d'avoir échappé au sabreur turc. Et puis, la joie m'envahissait : cette soirée pluvieuse, me disais-je, est toujours en moi, je peux y rester jusqu'à ma mort. Et même après... À l'écart des glorieuses ruines que deviennent mes plus belles réussites. »

De la fin de sa vie, on retient l'image d'un milliardaire arpentant l'une de ses îles en compagnie d'un chien bâtard. Une maladie dégénérative l'obligeait à scotcher ses paupières afin de garder les yeux ouverts. Triste fin ! Pourtant, c'est pendant ces années que la joie dont il m'avait parlé à Gênes devenait la plus constante – grâce au monde découvert un jour de pluie dans un village monténégrin. C'est là où il vivait la meilleure partie de ses dernières années – sa nouvelle naissance. La Troisième.

Une dimension d'une altérité radicale. Alternaissance.

Le destin d'Aristote Onassis fut exemplaire. La force biologique de sa Première naissance avait été décuplée par le danger mortel rencontré à Smyrne. Cette vaccination confère aux rescapés une vitalité bien au-dessus de la moyenne. Onassis a su en tirer profit pour sa Deuxième naissance : l'ascension stratosphérique que l'on sait et qui, acrobatie suprême, s'autorisait le luxe de l'autodérision (ces prépuces de baleine, entre autres). Un champion absolu, remportant les trophées les plus prisés : finances, pouvoir, célébrité, femmes.

Et soudain, une faille, une dimension troublante car ce qu'il voyait était si humble : une inconnue devant un

brasero d'où montait la senteur du thym, une soirée brumeuse, le chuchotement des vagues. Il eut la certitude
de renaître, hésitant à croire que sa nouvelle naissance
puisse durer...

L'amertume du cigare, au-dessus du soupirail, se mêle à l'odeur du macadam sous la pluie. Le nom d'Osmonde, sur l'interphone, est illisible, je retrouve la bonne touche de mémoire.

Dans sa «tanière», au sous-sol, la chaleur des braises se mêle à la fumée de son Gran Corona. Il me verse du café, se rassied devant un téléviseur où l'on voit une jeune femme – brune, des yeux vifs, une peau très claire, une belle poitrine qu'on devine sous son chemisier. Osmonde s'exclame:

«Comment ose-t-on prostituer une femme pareille?»

Celle-ci semble raconter une leçon: «Logements sociaux... Taxe sur des logements vacants...» À cette séquence succède un sujet plus personnel: elle, un bouquet à la main, sur le parvis d'une église. Son air voluptueux jure avec le physique de son «fiancé» – un type mité exhibant sa tête déplumée de vieux perroquet. La voix off rapporte qu'il s'est rendu coupable de harcèlement sexuel envers ses collègues...

55

Osmonde tourne vers moi sa grande et belle face où des yeux sombres d'acteur tragique sont entourés de rides picturales.

« Sous Louis XV, elle aurait été l'épouse d'un brave forgeron ou bien une courtisane pour qui le roi aurait lui-même braisé un gigot. Sous Louis-Philippe – une George Sand avec, entre ses cuisses, une flopée de poètes. Il y a un siècle, une Mata Hari ou une Otero. Du temps de ma jeunesse… Près de la maison de mes grands-parents, du côté de Foggia, il y avait un beau chêne, on se serait couché sous ses feuilles, on aurait fait l'amour et, puis – juste de l'ombre et du soleil sur nos paupières… »

Il respire avec une lourdeur bruyante de grand fumeur.

« Aujourd'hui, la voilà ministre ! Jugée trop mamelue, elle ne trouve que ce schtroumpf pour mari. Et sa beauté, elle la prostitue dans des activités "progressistes". Mais la vie, ma cocotte, ne fait que trente mille jours ! Et tu en as passé la moitié, la meilleure, à parler de "logements sociaux" où tes ouailles vont bouffer, regarder le foot, copuler, recevoir des allocs… C'est cela le but de l'existence ? Va à Foggia, couche-toi sous un chêne et oublie le reste. Car tout le reste, c'est la mort ! »

Ses paroles explosent dans des éclats de toux, des bouffées de cigare férocement expirées.

J'ai déjà été témoin de pareilles colères : à une femme qui sombrait dans l'absurdité du monde,

Gabriel prophétisait un destin de salut. Il y a plusieurs années, je l'avais surpris à regarder une émission à laquelle participait une femme politique – une métisse dont la peau bistre accentuait la beauté. Dans une manifestation, on venait de la traiter de singe et de lui jeter des bananes. Un psychodrame très parisien s'en est suivi avec des cris d'orfraie outragés et des commisérations hypocrites... Osmonde suivait le compte-rendu télévisuel et sa réaction fut éruptive.

«Vous avez vu le galbe de ses hanches? Et les seins? Qu'est-ce qu'elle fout dans ce gouvernement de nains de jardin? Garde des Sceaux! Elle devrait les envoyer paître et partir aux Caraïbes. Une étoile emmêlée dans une moustiquaire, la senteur des algues, son corps vernissé par l'amour... Oh, comme j'aurais su l'aimer! Et même si elle devait bosser à enrouler des havanes sur ses larges cuisses, cela aurait plus de sens que de moisir au milieu de ces zombis parisiens!»

Autrefois, ces morceaux de bravoure sonnaient juste. À présent, il les déclame par une habitude charnelle à laquelle rien ne correspond dans l'aigreur de sa pensée.

Je l'interpelle à mi-voix: «Gabriel, je voulais vous parler d'un manuscrit que j'ai reçu. *Le Grand Déplacement...*»

Un grommellement dans les bronches précède ses paroles:

«Impubliable. Je l'ai lu, il y a plus d'un an déjà…»

Perplexe, je bafouille : «Attendez, il ne s'agit peut-être pas du même auteur. C'est sa mère qui m'a envoyé le texte.»

Osmonde secoue la tête, sûr de son fait.

«Lynden est venu me voir et pendant plusieurs mois, j'ai essayé de le… De le "déradicaliser", pour parler comme nos idéologues. En fait, j'ai voulu qu'il soit un peu digger…»

Sa voix s'étrangle, la quinte tord son corps, pendant que sa main fouille sous le fauteuil pour attraper son cigare qui vient de tomber. Je lui montre la tasse avec les restes d'une tisane. «Je vous en prépare une autre?» Il opine avec une gratitude exagérée et, à travers sa toux, laisse échapper un gémissement…

Sur l'écran, on voit un homme, vieillissant et balèze. La voix off explique : «Des milliers de procès-verbaux… La rudesse des saillies que subissaient les femmes… Son penchant pour la sodomie…» Et tout s'efface dans un non-lieu : ébats et débats, la honte, l'argent, le temps sacrifié à une si humaine turpitude et, bien sûr, les cris indignés des vocératrices médiatiques, toutes d'une virginité morale évidemment insoupçonnable.

Osmonde boit une gorgée de tisane, puis aspire la fumée avec la délectation d'un migraineux qui sent le retrait de la douleur. «Toujours le même jeu de rut et de chasse, dit-il en regardant l'accusé qui sort du tribunal. Sauf que celui-là est un joueur et un chasseur d'exception... »

J'intercepte ses paroles pour revenir au *Grand Déplacement* : « Lynden le dit dans son livre – la compétition biologique et sociale. Comment est-il, ce jeune auteur ? »

L'interphone fait soudain entendre une sonnerie enrayée.

« Pardon, j'ai une visite. Non, ce n'est pas une nouvelle conquête, hélas... Revenez demain, je vous parlerai de Lynden, ce défenseur d'un pays qui n'existe plus. »

Dans l'entrée se tient un homme qui porte un long étui cylindrique où l'on range des cartes.

En sortant, je remarque que l'enseigne « imprimeur-éditeur » s'étend toujours au-dessus des fenêtres de la « tanière ». Étrangement, pour la toute première fois, je pense à la femme qui m'a envoyé le manuscrit du *Grand Déplacement*, la mère de l'auteur, Gaia de Lynden qui doit, depuis trois semaines déjà, attendre ma réponse.

« Comment le décrire, ce jeune Lynden ? Disons… Oui, Toulouse-Lautrec en blond ! Petit, frêle et outillé d'une grosse bottine orthopédique… »

Osmonde jette dans le feu une poignée d'aiguilles de pin, un remède qui calme sa toux. Je voudrais l'entendre parler plutôt du manuscrit.

« Mais ses idées, Gabriel ? Ce Grand Déplacement ? Il y croit vraiment ? »

Osmonde allume un cigare, se tête s'enveloppe de fumée.

« Ses idées ? Elles datent aussi du temps de Lautrec. La décadence de l'Occident compromis par le métissage qui ronge ses nobles vertus. Le rêve de l'Europe médiévale : hiérarchies sacralisées, immuables, du simple laboureur jusqu'au roi…

— Et c'est évidemment la révolution de 1789 qui a brisé ce bel édifice.

— Non, le garçon est plus subtil. Un jour, dans je ne sais quel livre ancien, il m'a montré l'image d'un "abbé de cour" – un freluquet efféminé, des cuisses gainées de bas de soie et découvertes jusqu'aux génitoires, une perruque poudrée. On aurait dit un travelo. Un homme d'Église! Ce jeune abbé dégoûtait Lynden plus que la simonie ou la débauche chez les papes. Selon lui, le pourrissement avait bien précédé les sans-culottes.

— Dans son texte, il dénonce également la ploutocratie…

— C'est aussi une vision très "Belle Époque". La puissance du capital, du capital juif surtout et la lutte des classes qui cache l'affrontement entre les Aryens et les Sémites. Les premiers étant l'élévation spirituelle incarnée et les seconds, le calcul, le complot, l'intérêt matériel le plus vil. Difficile de lui tenir tête – il citait par cœur tous les judéophobes, de Proudhon à Toussenel. J'ai dû trouver une astuce pour le libérer de ses démons. Des exemples concrets…»

Osmonde se met à respirer par saccades et, pour prévenir une quinte, va jeter dans le feu une pincée d'aiguilles de pin.

«Dans l'immeuble où il habitait, rue Blanche, exerçait un dentiste, un certain Cohen. Les amis de Lynden, jeunes identitaires pour la plupart, ne s'entendaient sur rien et c'est la haine du toubib qui les réconciliait. Ça n'allait pas loin, l'action la plus héroïque était de coller des affichettes du genre: "Je suis juif mais je me soigne!" Un jour, Lynden s'est

61

mis à railler "ce Cohen, prothésiste dentaire comme son nom l'indique". Je crois avoir eu le bon réflexe : "Pensez au nombre de caries que ce type a traitées pendant que vos amis pleuraient la décadence française." Il a reconnu que l'argument était recevable…

— Ce n'est pas cela qui a fait évoluer ses opinions ?

— Non, je vous l'ai dit, son socle d'idées était d'une grande rigidité. Lobbies, inquisition médiatique et judiciaire, les USA – ce Golem guidé par Wall Street… Lynden a persuadé ses amis de ne plus embêter le dentiste mais le socle ne se négociait pas. Sa colère visait, entre autres, les politiciens qui venaient aux soirées du Crif, la bête noire de ses copains. Je lui ai parlé comme l'aurait fait un digger : "Quelle est la moyenne d'âge dans cette sauterie communautaire ?" Il a paru interloqué : "Euh… Je ne sais pas. Soixante ans, peut-être…" J'ai enchaîné : "Notre vie fait vingt ou trente mille jours, donc il leur reste quelques milliers de jours à se tordre les méninges pour réduire à l'obéissance une clique de politicards. Ça vous tente ? Non ? Alors, pourquoi sacrifier vos maigres réserves de vie à dénoncer ce barnum ?" Lynden, sonné, m'a dit n'avoir jamais imaginé que notre existence durait si peu… Je lui ai montré cette photo, là, à droite de la cheminée. »

Une femme – photographiée à contre-jour – un profil tracé par l'éblouissement méridional. « C'est… Ida. Ida Ray. »

J'évite de l'interroger, car le destin des diggers, après la défaite, a souvent frôlé l'exil ou la mort.

« Disparue en Indonésie, pendant la répression lancée contre notre mouvement. »

Il plisse les paupières mais ses yeux semblent garder un reflet de soleil.

« Lynden ne connaissait que le pluriel : chrétiens, musulmans, Blancs, Noirs, homos, hétéros… Et là, il a vu cette photo, une femme unique pour moi car… je l'avais aimée, et qui se trouvait être une juive, mais avant tout, une digger. »

L'interphone grésille, Osmonde va ouvrir la porte. Comme la veille, un homme âgé pénètre dans la « tanière ». Sur la grande table, dans la pièce du rez-de-chaussée, il étale une carte où je reconnais des linéaments de montagnes. Osmonde me prie de revenir sans trop tarder.

« Avant que je lâche les amarres », murmure-t-il et je ne sais pas s'il s'agit d'un voyage ou de l'aggravation de sa maladie.

De retour chez lui, je trouve un désordre qui précède un départ. Deux gros sacs à dos encombrent l'entrée et, au sous-sol, une porte est ouverte sur un local dont j'ignore l'usage. Osmonde plie un vêtement, referme une valise, pousse un meuble. Il a l'air résolu, rajeuni, prêt à partir.

Je me hâte de l'interroger :

« Alors, qu'est-ce que je lui dis, à Lynden ? Pour un écrivain débutant, attendre le verdict est un supplice… »

Osmonde me propose un fauteuil, s'assied lui-même au milieu du désordre, se frotte le front. Il paraît déjà ailleurs.

« Écoutez… Dites-lui qu'il a dépassé ce texte. Sa première version dénonçait "le remplacement des dolichocéphales par les négroïdes". Il a surmonté ce penchant-là. Grâce à mes "exemples concrets". Un jour, nous nous sommes croisés près d'un lycée — une cohue d'enfants de bobos qui fumaient, assis sur le macadam souillé de crottes, écoutaient du rap sur leurs portables, salivaient en se faisant des bises. Bien nourris, orduriers de langage, infects dans leurs corps qui avaient déjà tout goûté sans aimer. Cette moisissure allait accaparer les médias, l'enseignement, les partis politiques… J'ai dit à Lynden : "Regardez-les, ces jeunes Blancs. Ils vont penser correctement, consommer bio, se reproduire entre eux, approuver les bombardements démocratiques. En quoi les Noirs et les Arabes que vous haïssez seraient-ils responsables du crétinisme de ces enfants gâtés ?" Sa réaction m'a ému : il se retenait de pleurer. Pour sa douce France, il rêvait d'oriflammes, de fleurs de lys et de nobles faces tournées vers la cité céleste. Et là, s'étalait cette biomasse blanche, veule et blasée, qu'aucun esprit n'habitait et qui, par sa laideur, démentait tout ce à quoi il croyait… »

L'image d'une « biomasse » me frappe mais je me dois de revenir au manuscrit et à mon éventuelle réponse.

« Pour vous, Gabriel, son roman est trop pessimiste ? Ou même nihiliste, c'est ça ?

— Non, ce qu'il dit n'est pas véritablement excessif. Le futur sera bien pire ! Et pas au plan racial, sur lequel notre jeune Lynden fait une fixation. Là, bien sûr, il se trompe. Car les races se sont toujours mélangées, ce qui avait l'avantage de nous éviter le dépérissement du génome. D'ailleurs, les camarades de Lynden, comme tous les jeunes un peu frustrés, doivent visionner pas mal les sites éro-tiques, sur Internet, avec des vidéos où les Blanches se font saillir par les Noirs et les Noires par les Blancs. Le mixage est anecdotique mais révélateur – le désir se moque des préjugés raciaux...

— Oui, peut-être... Sauf que sa vision de l'hu-manité n'est pas très tendre, c'est le moins qu'on puisse dire ! Un troupeau à la fois agressif, imbu de son importance et autodestructeur...

— En cela, il n'a pas tout à fait tort, l'huma-nité est en train de tuer la Terre. Lynden envoie nos bobos en Afrique qu'il croit infinie. Mais enlevez-en la superficie peu habitable, Sahara, Sahel, Kalahari, Namib, Bangwelo, il restera une peau de chagrin bouffée par l'avancée du désert et la démographie : cent millions en 1900, deux cent cinquante en 1950, un milliard et demi en 2020, trois milliards en 2060. Les Occidentaux s'amusent avec leur gestation pour autrui, alors que ces milliards veulent juste éviter de crever de faim.

— Mais je ne peux pas dire à sa mère que son fils est trop doux dans ses conclusions...

— Si, c'est cela qu'il faudrait lui expliquer. Lynden est effrayé par ses propres prophéties. Du coup, il adoucit le message. La guerre civile en France qu'il prédit se résume à quelques escar-mouches. Et son Grand Déplacement, cet exil libyen, fait penser à une colonie de vacances. Or, avec ces milliards d'affamés et de fanatisés, bientôt nous lirons son roman comme un joli conte de Noël.

— Il a besoin de croire que le monde peut encore être sauvé! »

Gabriel émet un rire sourd.

« Ce monde, le mérite-t-il vraiment? La dernière tentative avait été lancée par les diggers: transcender le magma humain qui prolifère, dévore la nature, multiplie les guerres, se refait selon le même scénario: baffrer, tuer, jouir, se reproduire, polluer, mourir. Les diggers proposaient une rupture. Une Alternaissance…

— Les hommes ne cherchent pas une rupture, Gabriel! Ils veulent juste consommer plus, placer leur progéniture plus près de la mangeoire et mourir plus tard!

— Les diggers leur proposaient plus que ces "plus". Ils leur offraient tout! Venez voir la machine à produire ce tout…»

Nous allons dans le local que j'ai aperçu derrière une porte habituellement fermée. Des rayonnages, chargés de DVD, entourent une chaise longue d'aspect médical. Un appareillage électronique fait penser à un atelier de réparateur.

«Vous rappelez-vous les séances de métapraxie? J'ai récupéré cette machinerie dans une fondation, à Hambourg. La technique n'est pas des plus récentes mais c'est déjà la méthode de l'impulsion transcranienne, on n'a pas à enfiler un scaphandre, comme autrefois. Alors, quel "tout" choisissez-vous ? »

Je dis être trop âgé pour endurer les émotions extrêmes qui sont le but de cette simulation.

« Je ne vous force pas mais il y a des séquences où vous pourriez faire une rencontre inattendue. Alors ? »

Pour ne pas le décevoir, je m'étends sur la chaise longue, mets un casque qui recouvre ma tête d'un réseau de capteurs. Osmonde branche ses appareils et me glisse dans la main un petit interrupteur relié à cet étrange dispositif. « Au cas où l'impact psychique vous paraîtrait trop violent… », prévient-il.

Le fond de la pièce se remplit d'un crépuscule chaud, déployant la vue d'une berge où progresse, d'un pas fatigué, un marcheur. Comme lui – mais il s'identifie de plus en plus à moi – je remarque le rougeoiement d'un feu, puis une femme assise par terre. Elle m'aperçoit et dans son regard se reflète ma nouvelle identité : cet aventurier fourbu en manque de tendresse. La complicité entre nous est immédiate. L'inconnue accepte une gorgée de whisky de ma gourde, nous rions, elle attrape ma main, m'entraîne vers la rive… Déshabillés, nous nous étreignons dans l'eau et je confonds la souplesse de son corps et les tiges d'algues – ses cuisses me serrent comme ces larges thalles lisses…

Ma main appuie sur l'interrupteur. L'intensité des sensations me fait haleter. D'une véracité dépassant le réel, cette quintessence du vécu condense un plaisir trop violent et je sens ne pas pouvoir le supporter.

Nous revenons près de la cheminée – moi, remué par une vie greffée sur la mienne, Osmonde, étrangement lointain.

« L'idée était claire, me dit-il. Puisque la peur de manquer transforme l'homme en prédateur – donnons-lui tout, à sa première demande ! Faisons de lui un roi, un saint, un érotomane, un guerrier… Et qu'il le vive avec une force de perception surhumaine ! »

Il rallume son cigare, se cache dans un halo de fumée.

« Bon, revenons à Lynden ! Un jour, je lui ai fait essayer la métapraxie… Je ne sais pas quelle illusion en chair et en os il a pu s'offrir grâce à cette réalité dédoublée. En tout cas, il n'a pas voulu recommencer, me disant que, s'il ne trouvait pas une femme qui pourrait l'aimer, il aurait toujours sa "métapraxie des pauvres" – les sites porno. Pour un boiteux comme lui, ce supermarché à fantasmes était une solution rêvée.

— Et depuis… A-t-il continué de venir chez vous ?

— Non… Il est peut-être tombé amoureux et s'est transformé en un fringant hussard. Un soir, venant chez lui, j'ai vu sa bande de "hussards". Des jeunes gens sincères mais embrouillés dans leurs phobies. Idéalistes au mauvais sens du terme : trop d'idées, peu de matière vécue. L'immigration les enrageait : des mâles du Sud, poilus et couillus, colonisaient l'Europe et montaient de jolies blondes, indubitablement aryennes. Aucune de ces filles n'aurait joui à l'évocation de la bataille de Poitiers ni au rappel du sacre de Reims. Encore moins dans les bras d'un "hussard", blanc mais chétif. Le choc sexuel des civilisations…

— Alors pourquoi n'a-t-il pas voulu retenter la métapraxie ?

— Sa famille possédait, dans la Flandre, à côté de Bruges, un petit manoir qu'il a fallu vendre. Vivien avait treize ans quand sa mère l'y a emmené la dernière fois – histoire de récupérer un tableau. Une demeure ancienne, un brouillard d'hiver, une allée de vieux arbres, le souvenir des heures qui coulaient dans les pièces où il se sentait encore présent. Sur le visage de sa mère, il a aperçu le reflet de cette même durée hors du temps…

— Mais quel rapport avec la métapraxie, Gabriel ?

— Il m'a demandé si notre technique saurait lui faire revivre ces minutes. Tel un digger, il pressentait déjà l'Alternaissance…

— Et qu'avez-vous répondu ?

— La vérité. La dimension dont il parlait n'était pas modélisable. »

70

Osmonde se lève pour raviver le feu et se met à parler plus vite, comme s'il voulait éviter un refus.

«Il y a un mois, j'ai reçu une lettre provenant d'une confrérie qui avait survécu – en Abkhazie, dans le Caucase. L'homme que vous avez vu l'autre jour venait de là. Une confrérie, c'est beaucoup dire. Trois ou quatre diggers qui avait réchappé aux persécutions. Je pars demain et si cela ne vous dérange pas… Voilà, j'ai rédigé une procuration qui vous rend maître de ma tanière. Mon voyage risque d'être un aller simple…»

Il sourit pour dissiper ce ton définitif.

«Il faudra que je vous apprenne deux ou trois choses pour gérer le quotidien. Et aussi le fonctionnement de la métapraxie, au cas où vous auriez envie de changer de destin. Mais surtout n'oubliez pas de répondre à Lynden!»

III.

Gaia de Lynden

Le lendemain, j'envoie un mot sur le portable de Gaia de Lynden et, rapidement, reçois sa réponse – elle pourra venir à Paris dimanche prochain. Le rendez-vous est pris : seize heures, à la brasserie du Cheval noir, à deux pas de chez Osmonde. Je ferai mon « rapport de lecture » et retournerai dans la tanière où j'ai déjà commencé à m'installer. De toute façon, il me fallait déménager : l'ami qui me louait son appartement, rue du Roi-d'Alger, revient après quatre années passées au Rwanda.

« Dites-lui que son fils a dépassé ce roman… », me conseillait Osmonde. Je le formulerai autrement, pour ne pas blesser cette mère, tout en insinuant que son fils, vu ses idées rétrogrades et la vigilance des censeurs, a peu de chances d'être publié.

J'imagine notre dialogue où j'avancerai en équilibriste.

«Je l'ai lu et relu. C'est passionnant! (non, il faudrait un qualificatif plus neutre: stimulant). Oui, un roman stimulant et déroutant.»

La réplique de Gaia de Lynden pourrait être: «Moi, je serais plus critique que vous...» Malgré cet air de sévérité, sa joie sera visible – la fierté d'une louve devant les premières cabrioles de son petit, de ce louveteau âgé de vingt-sept ans... Je reprendrai mon exposé.

«Votre fils écrit sans mettre son gilet pare-balles! Ça nous change des précautions du politiquement correct...

— Vous savez, il n'en est qu'à ses débuts... Il cherche sa voie à lui. Ou plutôt sa voix, avec un "x". Mais vous croyez que... ça pourrait vraiment faire un... bouquin?

— Pourquoi pas? Si Vivien accepte quelques remaniements, par-ci par-là...»

Ses cils frémiront, la «louve» devinera un danger.

«D'après vous, il y a des choses à couper? Beaucoup?

— Non... Dans l'ensemble, ça tient la route. Il y a même de vraies trouvailles. "Notre apocalypse discount"! Ou cela: "Les antiracistes sont des zoologistes, ils veulent mélanger les peuples de la même façon qu'on mélange les races bovines." Par ailleurs, votre fils a raison de dénoncer cette foutaise de résilience chez les victimes d'un attentat. À un pauvre éclopé, ces crétins de psychologues expliquent "le travail qu'il doit faire sur soi". C'est le comble de l'hypocrisie! Vivien a raison de dénoncer ce discours de consolation qui protège les vrais coupables.»

Elle sourira, désarmée par ces flatteries, et j'aurai honte de ne pas oser lui dire d'emblée qu'à mon avis, le texte ne sera jamais accepté. Il me faudra progresser par paliers, en dosant les litotes et les euphémismes.

«En revanche, ce qui n'est pas une franche réussite, voyez-vous, c'est le portrait des politiciens. Là, le texte de votre fils dérape plus ou moins dans la bouffonnerie...»

Sa voix résonnera plus sourdement: «Et vous ne les trouvez pas comiques, ces cabotins?

— Si... sauf que c'est du "name dropping", un procédé à la mode: on cite les noms réels, ça pique la curiosité du lecteur mais...

— Mais personne avant Vivien n'a eu l'idée d'envoyer toute cette bande d'imbéciles et de menteurs en Libye!»

Je serai agacé par ses arguments difficiles à parer.

« Oui, peut-être. Le problème c'est que, tel quel, le texte va être mal vu par tout le monde. La gauche criera au racisme, la droite s'offusquera de l'image satirique de la France catho. Et puis, on ne peut pas écrire ça, je cite: "La laideur de cette nouvelle population nous fait douter du goût esthétique d'un éventuel Créateur... Leurs faciès, bouffis et luisants, figés dans le ressentiment et la certitude que les Blancs doivent éprouver une culpabilité inexpiable." C'est une caricature! Tous les Africains ne ressemblent pas à cela…»

Elle objectera: «Les Blancs ne sont pas ménagés, non plus…

— Et comment! Votre fils les traite de dégénérés! "Avachis, vêtus de jean fripé, regard fuyant, cheveux anémiés et gras, ces vieux ados, dévirilisés par la bien-pensance, lisent *Libé* en avalant des cafés semblables au jus de cigarettes macérées." C'est faux! Ce type de soixante-huitards est en voie de disparition, il en devient, du coup, presque attachant. On devrait en faire une espèce protégée et l'exposer au musée de l'Homme, à côté de Néandertal…»

Elle répondra d'un sourire résigné et moi, j'avancerai une argumentation sociologique: l'analyse que propose son fils est propre à une jeunesse identitaire marginalisée – une énième réincarnation des «hussards» – qui continue à jongler avec des concepts surannés, tandis que le peuple a déjà accepté, bon gré mal gré, ce monde nouveau, mélangé, omnivore.

À tout hasard, je prépare une batterie d'arguments plus littéraires: ce *Grand Déplacement* futuriste a été précédé d'un flot d'utopies, dystopies, uchronies et autres merveilles de science-fiction. Aux côtés des transhumains et des aliens invasifs, d'autres envahisseurs ont peuplé les romans d'anticipation – les immigrés qui submergent le vieux continent et les musulmans qui rebâtissent, en Europe, leur vaste califat. Pendant que les Blancs, flapis et résignés, travestissent le viol de leurs pays en salmigondis multiculturel.

La nuit, une image me réveille : un jeune homme boiteux et sa mère, une femme mince au regard inquiet. Ce sont ces deux êtres que je vais priver de tout espoir. Le souvenir de *La Qibla* m'éblouit – l'étendue mauve des sables, un vieillard qui prie sous les premières étoiles. Et, à l'autre bout de l'univers, cette journée de décembre, le soleil, la grille d'un jardin nu derrière une église, une inconnue en deuil qui marche sur les feuilles déchues. Deux instants dont je ne sais pas m'expliquer la beauté.

Le boulevard de Magenta est tantôt aveuglé de soleil tantôt éteint dans un crépuscule de pluie. Je pousse la porte du Cheval noir et une brève percée lumineuse, entre les nuages, me fait cligner des yeux quand j'essaie de retrouver, parmi les clients, Gaia de Lynden.

Je l'avais imaginée timide et «vieux jeu», une silhouette efflanquée, androgyne, la plus courante... La seule femme semblable est cette quadra brune très maigre, un portable collé à l'oreille. Les autres clientes sont trop jeunes ou trop âgées. Comme celle-ci – stature imposante, chevelure d'un gris argenté. Je m'éloigne, choisis une place... Et c'est alors qu'elle m'adresse un geste vague qu'on aurait pour un proche dont on ne voit plus le visage derrière la vitre d'un wagon. Non, la mère de Vivien ne peut pas avoir cet âge-là, ni cette corpulence, ni cet épais tailleur de laine...

Je me détourne mais sa voix, incertaine, me rattrape : «Je suis Gaia de Lynden.» J'ai peine à cacher ma stupeur. Une plénitude charnelle rare que le tailleur moule, trahissant la lourdeur des seins, l'ampleur des hanches. Mal maquillée ou trempée par une averse. Pas d'imperméable ni de parapluie.

Je feins la légèreté («Ah, le temps parisien! Vous habitez à... À Bruxelles. L'air chez vous est bien meilleur qu'ici...»), mais la situation est fausse: mon rôle de rabat-joie face à une mère venue entendre les louanges qu'elle espère transmettre à son fils. Je sors le manuscrit et, soudain, je vois que ses lèvres se crispent, lui donnant l'air stupide d'un bâillement retenu.

Déconcerté, j'inverse l'ordre des arguments que j'avais préparés et commence par évoquer la pléthore actuelle des récits d'apocalypse: ces livres et ces films où des hordes d'affamés s'abattent, en vol de criquets, sur la vieille Europe dont les habitants sont surtout préoccupés par le sexe des anges. Oui, par leur «gender»!

Pendant que je commente le texte, mon regard complète le portrait de la femme qui m'écoute avec une tension perceptible: malgré les cheveux gris, ses traits gardent un reflet de jeunesse qui jure avec son embonpoint de femme mûre. Son maintien, vaguement solennel, suggère Rubens – ces corps débordant de vitalité, des visages de déesses ou de reines...

«On ne doit pas y voir juste un texte d'anticipation...» Elle le dit au moment où je cherche une phrase que je voudrais citer. Il me faut répliquer – sinon, la discussion s'enlisera, un auteur et surtout ses proches sont prêts à défendre chaque virgule, je le sais d'expérience.

«Vous avez raison, mais c'est ainsi qu'il va être jugé : une dystopie postapocalyptique de plus... Ce *Grand Déplacement* arrive trop tard, d'autres livres l'ont devancé... Ce que votre fils écrit est très facile à caricaturer et donc à condamner : racisme, anti-féminisme, thèses complotistes...» J'égrène les griefs retenus.

Les paroles de Gaia de Lynden retentissent avec de brefs à-coups sonores.

«Je ne sais pas comment vous expliquer mais... Vivien voulait... montrer que le vrai "déplacement" est tout autre que cette expulsion en Libye...»

Pour éviter un nouveau tour de commentaires, je range le manuscrit dans l'enveloppe, le pose devant elle...

Son geste est d'une brusquerie désespérée : elle retire une dizaine de feuilles, attrape dans son sac une paire de lunettes qui la rendent un peu grotesque. «Je voudrais juste lire cela...»

Avec un coup d'œil à ma montre, je concède : «Oui, mais je vais devoir bientôt vous quitter...»

Elle lit mal, gênée de me retenir.

L'éternité se trouvait dans le reflet de clarté sur les feuilles brunies, le calme d'un jardin de décembre, la lenteur avec laquelle cette femme inconnue partagea, brièvement, la vie d'un passant, "ma vie", se dit Tom... La seule foi dont il ne doutait pas...

Plus que la lecture, c'est son visage qui révèle le sens de ces pages. Ses traits («grotesques») ont acquis une étrange harmonie, jusqu'à ce léger voile qui embue ses lunettes.

L'idée qui m'échappait se fait claire. Vivien décrit le seul monde digne d'exister! Le reste est inutile: la tumeur cancéreuse de nos sociétés, nos guerres, nos fêtes, nos cupidités de ridicules accumulateurs... Son vrai livre commence à quelques pages de la fin! C'est une vague charriant plein de débris – l'écume se retire laissant un grain d'ambre qui luit au soleil. L'image est trop jolie, je préfère énoncer une banalité:

«Le problème est qu'avant de réussir ce "déplacement" existentiel, il lui a fallu camper l'apocalypse qui nous attend...»

Mes paroles sont apparemment en deçà de ce qu'elle voit dans ce texte. Je parle avec plus d'insistance: «La solution, pour votre fils, serait de ne pas s'enfoncer dans ces analyses raciales et sociales. Notre Histoire sera toujours celle des cannibales, tant que l'homme ne comprendra pas le vrai sens du "déplacement". Vivien, lui, l'a compris et il aurait dû en parler davantage!»

Elle se tait, me regardant fixement, et le bas de son visage est de nouveau animé d'une légère grimace, tel un sourire entravé.

«Non… Non. Ce n'est plus… possible.» Elle le dit en serrant le manuscrit comme pour le protéger.

«Mais pourquoi? Votre fils a réussi le plus difficile, dépassant les haines de classes et de races qui déchirent l'humanité. Il a entrevu la voie du salut, un chemin vers la communion fraternelle entre les hommes. Il lui suffirait d'avancer!»

Ses paroles sont d'une sonorité qu'elle tente d'étouffer.

«J'aurais dû… vous le dire avant… Oui, j'aurais dû l'écrire dans ma lettre. Vivien est… mort.»

Tout ce que j'ai imaginé en pensant à cet enfant du siècle, boiteux, altier, touchant, amer, pitoyable dans ses rêves charnels, fou dans sa soif d'idéal, tout cela s'efface, ne laissant que cette femme qui s'accroche au manuscrit comme à une bouée et moi écrasé sous ma faute. J'ai tardé à répondre à ce jeune poète, par négligence, par paresse... Et il s'est donné la mort! Sa disparition rend infiniment dérisoires les débats qui agitaient son pamphlet et les burlesques querelles politiques qui déchirent l'humanité au bord du précipice.

Les petits frémissements trahissent, sur le visage de Gaia, un éclatement de douleur. Nous nous fixons, étranges alliés, conscients qu'il faut à tout prix éviter les larmes dans ce café bondé.

Je bafouille sur un ton contrit : «Je n'ai pas pu vous répondre plus tôt. Je voulais parler de ce manuscrit à... une vieille connaissance, un homme qui aurait pu d'ailleurs... Si seulement j'avais su...»

Elle se hâte de me disculper : « Vous n'y êtes pour rien ! Ce n'était pas à cause de son livre. Il a été trahi. Par sa... par une amie... Merci pour le temps que vous m'avez... accordé. »

Avec une contorsion malaisée de femme plantureuse, elle se lève et, d'un faux mouvement, renverse son sac. Sur le sol se répand le résumé d'une intimité : clefs, billets de train, un poudrier, un élastique à cheveux... Accroupi, j'attrape aussi une pochette de médicaments – leur nom me rappelle confusément une scène de film. Elle la récupère d'un air fautif, les larmes délavent le reste de son maquillage...

Nous nous en allons sous les regards amusés des clients – son physique ne passe pas inaperçu.

Des phrases plates me viennent à l'esprit : « Désolé de ne pas pouvoir... J'espère vraiment que... » D'un bref murmure, elle me libère : « Je vais aller trouver un hôtel. Merci encore... Bonsoir. »

Au bout de dix pas, je me retourne : Gaia de Lynden marche sous la pluie et, traversant presque au rouge, reçoit un klaxon énervé... Des images, soudain très vives, s'enchaînent dans ma tête : les médicaments tombés de son sac, son air absent et le souvenir venu d'un film – des comprimés qu'une femme avale par poignées. Barbi... tol ou tal ? Un nom de poupée pour un sommeil sans fin.

En coupant le carrefour, je la rejoins, m'attendant à voir un visage altéré par la douleur. Mais son expression est presque sereine malgré les traces noires sous les yeux. Elle est déjà loin de cette soirée d'automne, des gens qui trottinent vers la gare du Nord, de moi… La liberté que je devine en elle me coupe le souffle. Elle esquisse un sourire : «Ah… C'est vous!»

Je cherche une façon de la quitter sans me sentir coupable. «Je voulais juste vous dire que les hôtels par ici ne sont pas tous très… Enfin, il y a pas mal de drogue et de… prostitution.»

Elle hoche la tête : «Pour une nuit, ça pourra aller…»

La pluie redouble et dans une dernière tentative de m'amender, je soupire : «Vous n'avez même pas de parapluie…»

Une souffrance plisse ses lèvres. «Je l'ai oublié dans le train… C'était le cadeau de Vivien. Pour mes cinquante ans… Vous pouvez me laisser. Je n'ai besoin de rien.»

Je peux m'en aller, cette femme m'a déchargé de tout remords. C'est son étrangeté qui me retient, l'impression qu'elle ne joue plus à nos petits jeux humains.

«Vous ferez ce que vous voulez, Gaia (je me surprends à l'appeler par son prénom). Mais il faut vous mettre à l'abri. Allons boire un thé. Vous prendrez votre décision après…»

Lui serrant le bras, je touche un être inanimé. Puis, son corps s'éveille, gêné de son abondance charnelle… Cent mètres plus loin, rue de Belzunce, je pousse la porte de la tanière d'Osmonde.

S'il s'agissait d'un logement bien en ordre, elle s'y sentirait mal à l'aise. Mais le départ de Gabriel puis mon installation ont fait de ce duplex en sous-sol un camp de nomades encombré de sacs et de vêtements. Au rez-de-chaussée, des piles de livres sont entreposées dans l'entrée et, dans la cave aménagée, mon lit pliant est serré contre la cheminée. L'appartement d'un solitaire et où un autre homme, pas trop sociable non plus, est en train de prendre ses quartiers.

Machinalement, elle se met à arranger ce chaos, explore la pièce du sous-sol, ouvre le soupirail pour chasser l'odeur de cigare…

Je monte à la cuisine préparer un thé et c'est de là-haut que j'entends le bruit d'un verre cassé. Je descends : Gaia est postée entre une armoire et une étagère où Osmonde garde son whisky. Coincée entre les deux meubles, elle a fait tomber un verre. Je me hâte de la rassurer : « Ce n'est rien ! Je vais balayer… » Mais sa peine est ce grand corps, ridiculement pris au piège. Elle s'assied, les coudes sur les genoux, l'air de vouloir se rapetisser. Un filet de mélodie s'échappe de ses lèvres – en fait, des mots mêlés à des pleurs sans larmes.

Je repousse le lit, jette dans la cheminée un cageot et quelques bûches que Gabriel entasse dans un coin. Tout bas pour ne pas l'effaroucher, j'invite Gaia à venir près du feu… Cet instant me rappelle la vie des diggers qui débarquaient dans un lieu inhabité – une ancienne usine, une ferme abandonnée – et le ressuscitaient.

À tout moment, elle peut se lever, partir. La retenir dans ce lieu? Prêcher la joie de vivre? Prévenir la police? Ces gestes sont aisés seulement dans les films et les romans. En réalité, il faudrait… Oui, des choses simples.

«Vous savez, Gaia, j'ai très faim. Et vous?»

Elle me fixe, sans comprendre. «J'ai… mangé ce matin… Et après… je n'y pensais plus.»

Je lui parle doucement, comme à un somnambule juché sur la ligne faîtière d'un toit. «J'espère que le frigo n'a pas été débranché. Allons voir ce qu'on pourrait y trouver…»

Nous montons dans la cuisine, au rez-de-chaussée, et j'étale sur la table les provisions d'Osmonde. «Donc… Il y a ce bout de fromage, ça doit être ce qu'on lui a apporté du Caucase. Et là, c'est de la viande fumée, très épicée, j'imagine. Des olives, des tomates… Le vin aussi vient de là-bas, je ne sais pas ce qu'il vaut. Un paquet de riz... Écoutez, pendant que je fais le dîner, si vous voulez vous rafraîchir... Oui, c'est là, au bout du couloir. »

Elle ramasse son sac laissé dans l'entrée, hésite – je crains même qu'elle ne s'échappe dans la rue. Non, avec une lenteur d'égarée, elle tourne vers le couloir et je lance le plus banalement possible : « Les serviettes sont dans l'armoire, à droite... »

Les minutes s'apaisent, rythmées par la pluie derrière les volets, le craquement du feu. Cet instant rend le reste presque irréel. Notre rendez-vous, le manuscrit, l'ombre d'un jeune rêveur qui voulait sauver le monde... Tout cela est sans lien avec ce que nous faisons ici, dans la tanière d'Osmonde.

Gaia revient – elle a enlevé la veste de son tailleur et se voûte légèrement, comme toutes les femmes à forte poitrine. Il fait frais ici, au rez-de-chaussée, sans autre chauffage que la cheminée du sous-sol. D'un sac à dos, je tire un pull distendu par les lavages. « Ça ne paye pas de mine mais, vous verrez, il est vraiment très chaud... »

Ce vêtement informe estompe sa silhouette. Pendant le dîner, la même tonalité se maintient : le froissement de la pluie, le bruit lointain du boulevard de Magenta, parfois le crissement d'une bûche dans la cheminée. Et notre vie qui semble hésiter à une bifurcation, si proche d'un temps différent, de la nouvelle densité des instants.

Nous descendons au sous-sol et c'est peut-être la chaleur du feu qui nous ramène à la réalité. Gaia paraît inquiète comme s'il lui fallait renouer avec ce qui a précédé, redevenir celle qui était venue à Paris. Et partir. Elle se met à raconter sa jeunesse, son travail... Enseignante, journaliste, membre d'une ONG, traductrice... Et aussi ses remords d'avoir raté sa vie de couple, de ne pas avoir consacré plus de temps à son fils...

«Quand Vivien a rencontré cette... jeune femme, j'aurais dû parler avec elle. J'aurais compris que leur relation était un piège... En fait, tant que Vivien était là, cela valait la peine de m'accrocher, oui, de faire exister cette grosse femme que je détestais en moi. À présent...

— Mais, attendez... Pourquoi alors m'avoir envoyé ce manuscrit?» Je ne mesure pas la douleur que ma question pourrait provoquer.

Elle se lève et, ne voyant pas grand-chose à travers ses larmes, remonte l'escalier intérieur. Un tapage de citations résonne dans ma tête, à la recherche d'une sagesse consolatrice: «Ce qui ne me tue pas me rend plus fort... On peut ajourner son suicide jusqu'à sa mort... Vivre c'est apprendre à mourir...» C'est en de tels moments que la philosophie révèle sa volubile et décorative inefficacité!

Dans l'entrée, en ouvrant la porte pour s'en aller, Gaia fait tomber l'une des piles de livres qui encombrent la pièce. Nous nous accroupissons pour les ramasser, comme tout à l'heure au milieu des tables de la brasserie, dans une répétition de mauvais songe.

Rangeant un volume, elle s'exclame : « Tiens, Gabriel Osmonde ! Vivien m'a parlé de cet auteur, il l'avait rencontré… »

Je me hâte d'enchaîner : « C'est le propriétaire de l'appartement ! Et ce livre raconte l'histoire des diggers… »

Nous nous relevons et restons face à face, conscients qu'un mot peut tout sauver ou tout perdre. Je joue la décontraction :

« Cela pourrait vous intéresser. Il s'agit de l'Alternaissance, cette dimension qui nous libère de nos servitudes : les classes, les origines, la peur, l'angoisse devant la mort… »

Ses yeux me fixent comme pour détecter la tactique d'un psychothérapeute amateur.

« Je vous dresserai un lit pliant ici, Gaia. Comme ça, si vraiment vous décidez de partir… »

Quand sa couche est installée, j'allume une lampe posée sur une chaise devant le livre où est glissée une enveloppe couverte de timbres en provenance du Caucase.

Descendant au sous-sol, je me mets devant le feu, prêt à entendre le bruit de ses pas et le claquement de la porte. *Alternaissance* d'Osmonde pourrait être lu comme la négation de la vie que cette femme vient de me raconter. Et donc provoquer son départ. Et sa mort. Le pari est risqué : à quelques pages près, Gaia y trouvera le rejet de ce qu'elle a toujours voulu être et l'espoir d'une vie vertigineusement autre.

Mon éveil est brusque – une cheminée éteinte, des pas dans l'escalier... Et cette voix : «Pardon, je vous ai dérangé...»

Une chemise de nuit, visiblement neuve, à l'éclat satiné. Une inconnue qui redevient Gaia. «Je ne vais pas tarder à partir...»

Partir? Mes craintes recomposent leur logique : un hôtel, des médicaments, le suicide. Je me redresse en bafouillant : «Attendez, Gaia! On verra cela demain. Maintenant, il faut vraiment vous reposer.»

Elle descend quelques marches. «C'est que... il est déjà presque six heures du matin...»

Je regarde ma montre. Oui, bientôt six heures! J'ai dormi donc, tout habillé, dans ce fauteuil aux accoudoirs brûlés par les cigares d'Osmonde.

«J'ai fait du thé, si vous voulez venir.» Elle remonte l'escalier. J'aperçois une étiquette sur le col de sa chemise de nuit.

Dans la salle de bains, deux tapes d'eau froide me rendent la lucidité : la situation est la même – une femme qui a perdu un fils et qui ne veut plus vivre. Son choix a juste été retardé…

Je la retrouve vêtue de son tailleur, deux tasses de thé sur la table, à côté du livre qu'elle lisait cette nuit. Elle remarque mon regard. «J'ai lu la moitié d'*Alternaissance*… Pourrais-je vous l'emprunter?»

La formule nous fait sourire: «la moitié d'*Alternaissance*» – mi-parcours d'une quête, le point de non-retour. Oui, à quelques pages près…

La fatigue d'une nuit blanche est visible – cette ombre de ridules autour de ses yeux. Mais le regard est autre, avec un arrière-fond apaisé et clair.

En rangeant sa chemise de nuit, elle remarque l'étiquette et murmure, confuse: «Je l'ai achetée pour… hier soir…»

À la gare où je l'accompagne, elle m'explique pourquoi elle part si tôt: «J'ai demandé à ma voisine de passer chez moi vers midi. Elle aurait trouvé un mot où je disais que… je ne reviendrais plus.»

Le train est annoncé. Elle finit sa phrase au milieu de la foule: «J'ai compris, grâce au livre d'Osmonde, qu'on pouvait quitter cette vie sans avoir à mourir…»

J'ai étudié la pensée des diggers en séjournant dans l'une de leurs confréries, au Laos: la conception des trois naissances, leur vision de la communion «homme-cosmos», le jeu bio-social de la «foire aux esclaves heureux» analysée par Godbarsky… Leur projet s'adressait à ceux qui, très peu nombreux, refusaient la «foire». Ces lecteurs d'Osmonde m'apparaissaient irréels. Tout a changé avec Gaia de Lynden. Il s'agissait désormais d'aider cette femme à ne pas se tuer, à trouver une promesse qui la retiendrait dans ces journées grises de décembre.

Étais-je capable de comprendre, moi, un étranger, tout ce qu'il y avait d'intimement unique dans le destin de cette Européenne? Son enfance passée à Milan, études universitaires à Rotterdam, mariage avec un fonctionnaire bruxellois, enfant, divorce. Engagement humanitaire, journalisme, enseignement de l'anglais dans un établissement privé… Et, depuis quelques années, la traduction, son gagne-pain. Un croquis trop vague pour discerner une personne réelle.

Certes, j'ai relevé ce qui s'écartait de ce canevas. Son mari, disait-elle, recherchait dans leur mariage «un alibi pour un homme fluctuant». S'agissait-il d'un époux infidèle? Ou d'un homosexuel optant pour une vie conjugale de complaisance? Quant à son activité humanitaire: «Ma b.a. de bobo», a-t-elle reconnu, avec un rictus pincé. Même la mort de son fils n'avait pas gardé son sens de douleur absolue – Gaia avait été contactée et «suivie» par une «association de parents d'enfants victimes de suicide». Le jeu social neutralise vite nos prétentions à l'inimitable: une *mater dolorosa*, au destin singulier et solitaire, voit sa tragique unicité se diluer dans l'expérience répétée des autres.

Ces réflexions, en absence de nouvelles, me servent à croire qu'en rentrant, Gaia n'a pas été, de nouveau, tentée par le néant. J'hésite à l'appeler – il m'était déjà arrivé de relancer ainsi un ami dépressif et qui ne comprenait même plus de quelle «souffrance» je lui parlais, il avait eu le temps de bien tourner la page.

Un soir, je repasse à l'appartement de la rue du Roi-d'Alger pour le libérer définitivement. Dans ma boîte, une longue lettre que Gaia a postée dès son retour à Bruxelles et qui m'attend donc depuis deux semaines… Cet écho me fait presque peur – je me suis habitué à l'idée d'une histoire finie.

Ce que je lis est une variante, plus détaillée, de ses confidences. Études de lettres, rencontre avec son futur mari (ici, pas de doute : c'est un homosexuel qui, vu «le cocon bourgeois de sa famille», cherchait «un paravent matrimonial»). Gaia finit par s'en douter mais : «Je refoulais les soupçons, Eddy était un très bon papa.» À l'âge de quatorze ans, c'est Vivien qui surprend, dans un café, ce père exemplaire qui embrasse un homme sur la bouche. Il s'ouvre à un camarade d'école – une idée stupide, on le traite de fils de pédé. Gaia tente une explication – l'adolescent se braque, fait une fugue et, à la sortie de Bruxelles, chute de sa moto. Plusieurs opérations et cette boiterie, gênante aussi psychiquement : le jeune homme se renferme, s'aigrit, rejoint un groupe qui veut lutter contre «les pédés, les métèques et les lobbies» coupables de la décadence de l'Europe. Gaia l'encourage à poursuivre ses études à Paris mais c'est là où, de jeune imprécateur, il est propulsé théoricien, presque un chef de file pour un cercle d'amis. Le secours arrive du côté le plus inattendu : il rencontre un certain Osmonde, croit être compris et, pour couronner ce revif, une jeune fille apparaît dans sa vie. Gaia reçoit sur son portable la photo d'une blonde – «trop belle pour mon prince boiteux», se dit-elle avec l'infaillible instinct maternel. Vivien rêve, se projette loin, d'autant que sa bien-aimée (un prénom sublime – Johanna!) se passionne pour les activités de leur «section de hussards». Trois mois plus tard, elle part, ne répond plus aux appels. Gaia pense à un banal chagrin d'amour mais, un soir d'automne, Vivien se tue, d'un coup de pistolet, dans l'église où il a fait sa première communion...

J'interromps ma lecture. Tout cela, ou presque, a déjà été vécu par des millions de personnes et sera revécu, en reproduisant les mêmes étapes du même récit. Quelque temps avant Vivien, un homme âgé, écœuré par «le déclin de la France», s'est tiré une balle dans la tête au milieu de Notre-Dame de Paris... Difficile d'être original, surtout dans une mort choisie, hélas.

Non, la lettre est plus riche que ce synopsis. Elle transcrit les réactions d'une femme trompée par un homme avec un autre homme. Un adultère plutôt rare, mais est-ce si différent? Des remarques sur le «déchirement d'une jeune mère censée être moderne»: peut-elle se permettre un engagement humanitaire en délaissant son enfant? Elle cite Freud: «Quoi que vous fassiez, vous serez une mauvaise mère.» (A-t-il vraiment dit cela?) Des réflexions sur le secret dans le couple, «un colin-maillard où le bandeau ne vous rend pas aveugle...»

Et ce post-scriptum, ajouté plus récemment: «J'ai lu *Alternaissance*. Le chapitre *Un homme sans psychologie* est la meilleure réponse à ma lettre. Je serai à Paris à la fin du mois, pour mes affaires de traduction. Pourrais-je vous revoir? Gaia. »

C'est l'une des diggers, Dora Worth, qui a parlé à Osmonde de la vie sans psychologie. Un jour, à Berlin, elle l'a laissé assister à sa consultation, le faisant passer pour un confrère. La patiente, une comédienne connue, venait pour raconter ses tourments...

Dans *Alternaissance*, Osmonde cite les paroles de Dora Worth et c'est cette discussion que Gaia a dû certainement retenir en lisant.

« L'homme des diggers est au-delà de l'interprétation psychologique. Autrement dit, il peut se passer de sentiments. Je sais, cher Gabriel, vous avez déjà fait valoir le "geyser d'émotions" qui nous remue à tout moment. Eh bien, examinons le "geyser" qui vient de vous "remuer" pendant ma consultation. De la curiosité pour notre comédienne dépressive, une attirance pour son corps, un malaise devant sa chair suppliciée par la chirurgie esthétique. Et bien d'autres sentiments qui s'enchevêtraient : envie-répulsion, pitié-mépris, souffrance-dérision... Des alluvions anciennes de votre moi, les strates cryptées de vos fantasmes et traumatismes... Quelle complexité, en effet !

— Une complexité inutile, vous voulez dire ?

— Superflue. Et encore il s'agissait d'une star ! Mais dans la vie ordinaire, notre fameuse émotivité se réduit à bien moins de choses. Aigreurs ou satisfactions professionnelles, rêveries sexuelles, routines du strict nécessaire : nourriture, communication, sommeil...

— C'est cette psychologie-là que vous contestez ?

— Surtout celle qui prétend analyser nos prétendues abysses. Elle renvoie à notre Deuxième naissance – une comédie sociale qui tourne autour des choses très frustes : la faim, la chair, la peur. Les hommes en font un spectacle ridiculement compliqué, y mêlant leurs coutumes, codes, valeurs, hiérarchies... Et notre pauvre psyché réverbère ces mensonges dans un flot qui brasse désirs, tabous, révoltes, transgressions – un Niagara d'émois ! Nous vivons dans cette double fausseté – un monde déformé dans un miroir déformant... Jeune, j'ai découvert ce chiffre : cinquante millions de tués de la Seconde Guerre mondiale ! Anéantis par la volonté de quelques hommes qui manifestaient un évident dérèglement cérébral. Hitler, Himmler... "Personnalités à la constitution mentale viscoïde", selon la classification de l'époque... Dans une biographie de Hitler, j'ai trouvé la description de l'amour exalté de sa mère pour cet enfant que les médecins croyaient condamné. Jamais la cathédrale de Braunau, la ville natale de Hitler, n'avait entendu des prières aussi ferventes. L'enfant a survécu, on connaît le reste. "Le triomphe de la volonté", l'industrie de l'extermination, la Solution finale... D'accord, me disais-je, c'était la guerre mais, en temps de paix, les choses se passent-elles autrement? Des millions d'enfants torturés par leurs proches (plus de soixante mille par an, en Europe), des meurtres passionnels, l'extrême cruauté envers les vieux.

Pas de frontière entre la guerre et la paix! Un constat ahurissant – cette continuité psychique chez l'homme qui ne cesse jamais d'éprouver des sentiments. Le petit Hitler était tendrement aimé par sa mère et battu par son père. Grandi, il adorait les animaux, refusait de manger de la viande et appelait ceux qui en consommaient – des *Leichefresser*, mangeurs de cadavres. Pendant la guerre, il respectait sa diète végétarienne – au milieu du charnier européen. Et tous les gens continuaient à avoir les mêmes états d'âme: la peur de mourir, le souci de se nourrir, l'attachement à la famille, la haine, la joie, la jalousie, l'indifférence... Bien sûr, la productivité exterminatrice est maximale pendant la guerre. Mais dans les batailles, on tue un ennemi, on défend sa patrie. Tandis que dans nos paisibles sociétés civilisées, combien de meurtres sont perpétrés pour des raisons futiles! Famille, bureau, intimité amoureuse sont des milieux hautement criminogènes où les faibles subissent une pression telle qu'ils en tombent malades ou se suicident. L'ouvrage que j'ai consacré à ce paradoxe, *La Tragédie d'une Volvo mal garée*, avait pour amorce un fait divers:

une voiture se gare à l'endroit convoité par un automobiliste, une dispute s'ensuit, le premier chauffeur est poignardé, le vainqueur écope de dix ans de prison, sa femme le quitte, son enfant en reste meurtri. J'ai répertorié dans les archives judiciaires des centaines de cas pareils – des scènes de ménages qui finissent par un meurtre, des conflits de voisinage qui débouchent sur un coup de fusil... Ces crimes, commis pour des broutilles, n'étaient que la partie émergée de l'iceberg. Le gros des souffrances se cachait dans une guerre larvée, une haine presque souriante qui durait des années, minant la santé des adversaires, empoisonnant leurs joies.

Mon idée semblait révolutionnaire : ce ne sont pas les faits qui provoquent en nous tel ou tel sentiment, mais ce sont les jeux de notre psychisme qui génèrent ces faits. L'enfant apprend à réagir à chaque signal qui lui parvient et, avec l'âge, ce ping-pong, stimulus-réponse, se fait machinal. L'Histoire aurait sombré dans la léthargie des situations types, si l'homme n'avait pas élaboré une diversion : il se drogue aux sentiments ! Aimer, dominer, pardonner, se châtier, pécher pour défier on ne sait quel dieu, mentir et se mentir, jouer au révolté, au persécuté, à l'amant comblé, au parent qui se sacrifie pour ses enfants, se prendre pour un saint, un repenti, un réprouvé... L'homme est moins attentif au réel qu'à l'effet passionnel de ce jeu. Oui, un drogué car les sentiments ont leur expression chimique d'ocytocine, dopamine, adrénaline, etc. qui soûlent notre cerveau de brefs paradis. Mais, je le répète, ce n'est pas le paradis qui compte, l'émotion peut être pénible. Ce qui prime, c'est la maîtrise du prestidigitateur : de presque rien, notre addict bricole un drame féerique. Ces jeux se passent dans son cerveau – la quasi-totalité de l'existence est fictionnelle. J'ai suivi des patients qui se délectaient d'une haine, vieille de dix ans, qui leur permettait, en pensée, de massacrer leur ancienne compagne... Démiurges de tout un monde sorti de leur psychisme, ils se découvraient complexes, auréolés de mystère. La psychanalyse prospère grâce à ce besoin de drogues passionnelles. Le psy aide le patient à s'inventer un passé chargé d'ambiguïtés, à se sentir profond, dédaléen, oui, à connaître le bon usage des stupéfiants que notre psychisme fabrique. »

Ces paroles, quel effet ont-elles eu sur Gaia de Lynden ? J'envoie un message, lui proposant un rendez-vous comme la première fois au Cheval noir... Et je pense au « geyser d'émotions » où ce retour pourrait la plonger.

Je suis installé depuis un quart d'heure à «notre» table, quand Gaia m'appelle. Son train aura du retard «suite à la découverte d'un colis suspect». La même information sur mon portable : alerte à la bombe, les bagages sont reniflés par les chiens... «de Pavlov», me dis-je. Ou plutôt, c'est l'homme qui a été dressé. À l'époque de Pavlov, qui aurait imaginé des passagers débarqués en rase campagne, les bras levés pour montrer qu'ils ne sont pas des terroristes? D'autres actualités : au Yémen, un mariage bombardé par erreur, beaucoup d'enfants parmi les morts; un footballeur vendu à deux cent trente millions de dollars; une star en divorce – sa petite trogne éplorée; un psychologue sonde le comportement d'un politicien : «Arrivé sur la scène, il se gratte la tête à droite, ce qui traduit la volonté d'obtenir une aide extérieure.» Ça ne s'invente pas! Les «hommes de Pavlov» sont connectés à un psychisme collectif, un épais voile de bêtises et de mensonges. Comment y échapper? Dora Worth conseillait de «toucher du bois» : regarder un arbre, se dire qu'il sera toujours là, quand ce brouillard psychotrope se sera dissipé…

Gaia me rappelle : elle est arrivée et m'attend au Balto, de l'autre côté de la rue. Je vois son tailleur indigo et, sur le dossier d'une chaise, un manteau clair. L'impression d'une proximité qui me laisserait presque deviner le rythme de sa respiration.

Elle ressemble à une habituée, assise à côté de la vitre, une tasse de café aux lèvres, et quand elle me tend la main, aucune gaucherie n'entrave ses mouvements.

« Pardon pour le retard, me dit-elle, j'espère que vous aviez de la lecture.

— J'ai regardé les actualités sur mon portable…

— Moi aussi, dans le train. Et je suis tombée sur une savante interprétation… psychologique. Ah, nous avons vu la même ? Attendez… » Elle met ses lunettes et lit : « Le politicien affiche une bouche en huître : signe qu'il se contrôle beaucoup.

— Et cette idiotie occupe la même place que les familles massacrées au Yémen. Autrefois, dans les journaux, la futilité et la mort étaient mieux séparées… » Je m'interromps, comme si l'évocation de la mort nous renvoyait inévitablement au souvenir de Vivien… « Enfin, rien ne nous empêche de nous déconnecter de cet encéphale planétaire. » J'éteins mon téléphone comme on écrase un insecte.

Gaia tire de son sac un exemplaire d'*Alternaissance*.

« J'ai… je n'ai pas voulu aller dans le café d'en face, par peur d'avoir trop à souffrir. Et maintenant, je vois l'endroit où nous étions installés la première fois et je me sens presque heureuse… »

Derrière les vitres du Cheval noir, à « notre table », sont assis deux voyageurs… Comme si elle devinait que je voudrais l'inviter chez Osmonde, elle devance ma proposition :

« Je fais l'aller et retour dans la journée. En plus, avec ce retard, j'ai à peine le temps de voir l'auteur dont je traduis le livre. Mais je reviendrai, j'ai beaucoup de choses à apprendre sur les… diggers. Et puis, je ne sais pas si je peux vous demander un service. Enfin, un immense service… »

Elle rouvre son sac, en retire un trousseau de clefs. Sa voix trahit une sonorité dont je reconnais la corde tendue.

« Je ne suis pas une "femme sans psychologie". Non, pas encore. Ma mort aurait tout simplifié et… je comptais sur cette simplification. Je ne me suis pas occupée de l'appartement que Vivien louait… Ses amis avaient, d'après ce qu'ils disaient, "désactivé les lieux", craignant que la police ne mette la main sur leurs précieuses "archives". Plus tard, quand le suicide a été reconnu et l'affaire classée, ils ont fait de cet appartement un musée. J'ai continué à envoyer les chèques à la propriétaire, une ancienne camarade de fac… Je n'y suis jamais revenue. Et je n'ai pas le courage de le faire. Mais, à présent, j'aurais du mal... financièrement... à garder ce deux-pièces. Accepteriez-vous d'aller là-bas et de rassembler tout ce qui était important pour Vivien?»

IV.

Le pandémonium des « hussards »

Un deux-pièces mansardé (anciennes chambres de bonne) dont les fenêtres semblent vous précipiter sur le clocher de l'église de la Trinité. Je les ouvre en grand – comme si la mort faisait encore régner, entre ces murs, je ne sais quelle pesanteur irrespirable. Non, il y fait juste très frais, par manque de chauffage. Un appartement modeste où aucun désordre n'est visible – les amis de Vivien, les «hussards», ont bien entretenu ce «haut lieu». Je l'explore, en éprouvant un vague sentiment de sacrilège.

Dans la pièce principale, une table ronde autour de laquelle ils se rassemblaient pour déplorer la décadence de l'Europe... Sur une étagère – une corne gravée de symboles, une loupe, un coupe-papier... Au-dessus, deux rapières croisées. Sur un guéridon, un plastron d'armure, un casque – bizarrement petits, comme faits pour un enfant... À côté, dans la chambre, un couvre-lit tendu à la militaire, un rectangle de stratifié sur des chevalets, un ordinateur, une imprimante et une rame de papier. Un numéro marqué en travers d'une feuille... Un rayonnage où de vieilles éditions aux dorures éteintes se mêlent aux brochures défraîchies. Sur les couvertures – noms dynastiques, batailles et défaites, héros sacrifiés. Dans les titres, je note la fréquence des mots « dernier », « fin », « chute »... Au milieu de leur grave litanie, ce livret illustré paraît plutôt festif : *Almanach de l'Action française pour l'An de grâce 1922*. Sa présence permet d'imaginer ces nostalgiques du roi au milieu d'une tout autre France... D'un côté de la bibliothèque s'étend une banderole, « Garder l'héritage en attendant l'héritier », de l'autre – ce cliché photocopié : un roi sur son trône face à une dizaine de politiciens debout derrière d'étroits pupitres en plastique. Le roi déclare : « Je ne prétends à rien, je suis. » Les politiciens annoncent tous ensemble dans une bulle de bande dessinée : « Nous sommes les prétendants. »

Les murs sont partout recouverts de slogans et de photos. Je les note pour raconter à Gaia le monde où son fils a vécu.

« Qui dit "humanité" veut tromper », Proudhon.

« Que périssent les faibles et les ratés », Nietzsche.

« Vous refuserez les demandes de paix avant d'avoir accompli la destruction de leurs campements », George Washington à propos des Indiens (un ajout, au crayon : « Hier, les Iroquois, aujourd'hui, les Irakiens »).

« Je suis fortement en faveur de l'utilisation de gaz toxiques contre les tribus non civilisées », Churchill en parlant des Kurdes.

« Les USA sont un empire, nous créons notre propre réalité. Nous sommes les acteurs de l'Histoire. Il ne vous reste qu'à l'étudier », Karl Rove, un conseiller de Bush.

« Il n'y a qu'une fatalité, celle des peuples qui n'ont plus assez de force pour tenir debout », de Gaulle. Et cette photo montrant François Hollande trébuchant sur un tapis.

L'assortiment d'images est souvent ironique. Un gorille dans une cage entourée de touristes crétins, de militaristes brandissant leurs bombes, de villes en flammes. Le singe crie : « Fuck your theory of evolution, Darwin ! I'm NOT related to all these idiots ! »

Une autre boutade : « Si une radio chrétienne me propose de *géolocaliser* un prêtre pour me confesser, je vais à Mahomet. »

Un constat plus amer : « L'époque est révolue où Saul Bellow demandait qu'on lui montre le Proust des Papous. Bellow est mort et les Papous ont envahi la littérature », Richard Millet…

Il faudrait classer ces tracts d'après leur sujet, mais Gaia doit rendre les clefs avant la fin de l'année et nous sommes déjà le vingt et un décembre. Je note donc en désordre.

« L'homosexualité est une abomination », la Torah.

« Oh, la race ! Comme j'y crois ! Mais il n'y a plus de race ! Le sang aristocratique est épuisé », Flaubert.

« Tel philosophe aime les Tartares, pour être dispensé d'aimer ses voisins », Rousseau.

Un cliché ancien : la première équipe de *Libération*. Des filles, d'une laideur revendiquée, accrochées à leur mégot, les jeunes hommes – cheveux longs et sales, sourires fuyants, corps ingrats. Un mot griffonné en bas de page : « Un acte charnel entre ces créatures ne peut se faire que dans le dégoût et la haine de soi. Ce qui est, par ailleurs, l'unique contenu de leur journalisme. »

Un dessin d'actualité : un combattant gît sur le pointillé de la frontière entre l'Irak et la Syrie – le bas du cadavre, côté irakien, est présenté comme « méchant islamiste » et le haut, sur le sol syrien, comme « héroïque résistant à la tyrannie d'Assad »…

Parfois, ces tracts évoquent un passé lointain. « Vendée, 1794. On fait venir de Paris des guillotines pour enfants. » Un autre : « Si l'Allemagne nazie gagne, nous devons aider la Russie, si la Russie gagne, nous devons aider l'Allemagne », Harry Truman en 1941. Et là, près de la porte : « Je me suis entendu avec Darlan car il m'a donné Alger. Si Laval me donnait Paris, je m'entendrais avec lui… », Roosevelt. « Les Noirs préfèrent les Blanches comme l'orang-outan préfère les femmes noires aux femelles de son espèce », Jefferson. « Ce que je puis désirer le plus est la séparation des races blanche et noire »,

Lincoln. «Je hais les Indiens. C'est un peuple d'animaux avec une religion bestiale», Churchill. «Ce ne sont pas des êtres humains, ces créatures avec leurs minces yeux de lézards…», Michelet en parlant des Russes. «Un sous-homme n'est semblable aux humains qu'en apparence. Il est plus éloigné de nous que n'importe quel animal», manuel remis aux SS sur le front russe…

Dans le couloir qui mène à la salle de douche, les murs sont tapissés de messages encore plus abondants. Celui-là, en écriture gothique: «Otto Weininger, le seul Juif honnête», Hitler. La citation voisine comporte le portrait de l'auteur, un certain rabbin Meir Hirsch: «Le peuple juif est toujours en exil et les sionistes vont à l'encontre de nos valeurs»… Une page empiète sur le rabbin: «La colonisation sioniste doit être menée au mépris de la volonté de la population autochtone», Vladimir Jabotinsky…

Je viens de pénétrer dans le pandémonium! «Si vous voulez connaître qui vous dirige, regardez vers ceux qu'il est interdit de critiquer», Voltaire… «Que Dreyfus soit capable de trahir, je le conçois de sa race», Barrès. «Il faut que le juif disparaisse. Tolérer les vieillards qui n'engendrent plus», Proudhon. «L'émancipation sociale du juif, c'est l'émancipation de la société du judaïsme», Marx. «La noble race aryenne a trahi ses admirables acquis religieux, philosophiques et moraux, quand elle a livré son âme au dieu sémitique, implacable Jéhovah. Mais qui en est le coupable, sinon le christianisme?», Malon… La page est déchirée : la trace d'une empoignade entre un chrétien rigoriste et un national-paganiste?

Sur le mur opposé, le débat se poursuit. «Je suis descendant sans macule d'une race immaculée», Léon Blum. «Blum met continuellement le Juif en avant. Il est prédisposé à toujours lui reconnaître du talent, voire du génie…», André Gide.

Au-dessus de la porte, comme pour trancher la controverse, est collée une citation transcrite en or : «Le Juif qui se sent loyal envers Israël a l'obligation de mettre sa conduite en accord avec ses sentiments, c'est-à-dire d'émigrer vers la Terre sainte», Raymond Aron.

Je commence à décoller ces affiches-là mais aussi celles de la première pièce. «Conseil d'État = Conseil des tatas» et la photo d'un certain Richard Descoings pour signaler son homosexualité…

Les murs débarrassés, l'appartement paraît plus spacieux, prêt à accueillir une vie nouvelle. Derrière la fenêtre – les arbres nus, le rocher de l'église, les corbeaux qui se chamaillent dans le vent… Et dans un sac-poubelle, bouffi de lambeaux de papier, un fol amas d'idées qui ne change rien ni à la fraîcheur du vent sentant la marée ni à la maîtrise des ailes qui glissent sur les courbures invisibles de l'air…

Au moment où je commence à vider la bibliothèque, on sonne à la porte. J'imagine Gaia qui aurait décidé de venir. Sur les murs, il n'y a plus que trois ou quatre feuilles dont je n'ai pas réussi à gratter la bande adhésive.

Un homme chauve, vêtu d'une blouse blanche. «J'ai mon cabinet de dentiste dans l'immeuble.» Pierre Cohen...

Je l'invite à entrer, espérant qu'il ne lise pas les affiches restantes. Celles-ci sont plutôt anodines. Un mot de Marx qui, en parlant d'un auteur exilé en Europe, fustigeait «son sang infect russo-kalmyk»... Non, le dentiste est plus préoccupé par l'éventuelle location. Son neveu montera à Paris pour s'inscrire à l'université et, donc, ce petit deux-pièces... La mère du garçon, divorcée, vient d'apprendre que la chimiothérapie qu'elle suivait n'est plus efficace et que... Il s'embrouille, conscient de trop se confier à un inconnu. Une coïncidence tristement cocasse : sur l'une des affiches encore en vue, Marx traite les peuples slaves de «tumeur cancéreuse de l'Europe».

En partant, Cohen jette un coup d'œil sur les cartons remplis de livres et murmure avec tristesse : «Ce ne sont plus nos lectures qui disent ce que nous sommes, mais notre ordinateur...»

Les «hussards» devraient écouter le récit du dentiste (le cancer de sa sœur, un neveu à loger, un tumulte de soucis, commun à tout le monde...).

Ils changeraient d'avis sur le Juif mythique qu'ils abhorrent et qui, pour eux, s'incarne en un Sépharade riche, bruyant et voyant, roulant dans des voitures de luxe, collectionnant les top models et les succès financiers ingénieusement frauduleux. Ils détestent le bonheur imaginaire de ce surhomme sémite programmé pour vaincre et dont ils sont secrètement jaloux.

Soudain, les dernières paroles de Cohen me reviennent : c'est l'ordinateur de Vivien qu'il faut interroger ! Né bien avant les écrans, je n'ai pas eu ce réflexe.

J'allume l'appareil – le numéro marqué sur une feuille est le mot de passe – les « hussards » voulaient sans doute montrer qu'ils n'avaient rien à cacher.

Le contenu des dossiers a été partiellement expurgé, ce qui donne à ces archives un aspect saccadé.

… En décembre 1940, Hitler fait gazer sa cousine, schizophrène, à Hartheim, le centre d'euthanasie pour handicapés mentaux… Bernays, inventeur de la propagande et neveu de Freud, inspire Goebbels… Freud envoie ses livres à Mussolini, l'homme que Churchill admire… Himmler constitue un dossier sur Hitler et, le 4 août 1942, charge la Gestapo d'enquêter sur les origines du Führer. La grand-mère de Hitler fut engagée comme servante chez Rothschild, à Vienne. Liaison ancillaire : le père de Hitler, Aloïs, est le fils d'un des Rothschild…

La tendance idéologique des notes est floue – Hitler qui, logiquement, devrait être magnifié, n'en sort pas grandi. En 1914, un médecin le juge inapte au service militaire : poitrine creuse, séquelles d'une maladie pulmonaire. Adolf n'a qu'un seul testicule, pas de trace du second dans le scrotum ni dans la région inguinale. Syphilis contractée auprès d'une prostituée juive – d'où son antisémitisme ? Pourtant, c'est la communauté juive qui le soutient. Isidor Neumann vend les dessins du jeune paumé, le sauvant de la clochardisation...

J'imagine d'âpres débats entre les « hussards » : maurassiens germanophobes versus admirateurs du IIIe Reich.

Ils cherchaient à démontrer qu'un long travail de sape avait préparé les maux d'aujourd'hui. L'immigration ? Roger Vailland l'appelait de ses vœux dès les années vingt : « Les peuples des colonies massacreront colons, soldats et missionnaires et viendront opprimer l'Europe. Nous fraternisons avec vous, chers nègres, et vous souhaitons une prochaine arrivée à Paris et de pouvoir vous y livrer en grand à ce jeu des supplices où vous êtes si forts. Pénétrés de la forte joie d'être traîtres, nous vous ouvrirons toutes les portes ! »

Ou encore là, une note de Coudenhove-Kalergi sur le métissage : « L'humain noble du futur ne sera ni féodal, ni juif, ni bourgeois, ni prolétaire : il sera synthétique. Ce n'est qu'à travers l'union avec les sommets de l'européanité non juive que l'élément juif de la noblesse du futur parviendra à son plein épanouissement. Notre âge démocratique est un pitoyable interlude. La race du futur, négroïdo-eurasienne d'apparence semblable à celle de l'Égypte antique, remplacera la multiplicité des peuples par la multiplicité des personnalités. »

L'idée – douteuse comme toutes les idées trop rationnelles – me fait imaginer les « hussards » en grande dispute. Le mélange entre les Blancs et les négroïdes ne pouvait que les dégoûter. En revanche, le remplacement de la démocratie par une « nouvelle noblesse » ne devait pas trop leur déplaire...

Le jour décline, le vent balaie la pièce d'un air glacé et semble emporter ces écrits que je supprime l'un après l'autre.

Un dossier contient des « martyrologes » que *Le Monde* publiait à chaque attentat. Je suppose que la rédaction avait songé à une initiative unique : le massacre au Bataclan, et ces photos de victimes, surplombant de brefs récits biographiques. Or, les attentats ont repris, il a fallu refaire une série de faire-part...

Le texte composé par les « hussards » résume ces notices, en dégageant un portrait générique de la victime-type :

« Il (elle) est ouvert.e aux cultures étrangères et à la diversité, Lillois originaire du Congo, sourire jovial accroché aux lèvres, fan de *Dirty Dancing*, de foot et de métal, une battante gardant toujours le moral, touche-à-tout, engagée dans le volontariat, vit sur fond de fête, arbore un pin's "Je suis Charlie", d'une tolérance totale, va à Londres pour écouter du rock alternatif, enfance heureuse au collège avec les jeunes des cités, goûts éclectiques, sensible au réchauffement climatique, né en Algérie il y a trente et un an, aime les quartiers branchés, le Marais est son QG, vibre au son des Arctic Monkeys, un papa poule, créatif, altruiste et charismatique, vit à 100 à l'heure, avec sa compagne d'origine sénégalaise, l'un est fan de Pink Floyd, l'autre penche pour Neil Young, le surf fait partie de sa vie, pratique l'aquagym, milite pour l'allaitement au sein, voyage de noces à Tahiti, master en administration économique, passionné par son métier d'enseignant, étudiante à Sup de Pub, marketing numérique, une maîtrise parfaite de l'anglais, prend des selfies, postés sur Facebook et dispersés à coups de like, *Lake of Fire* de Nirvana accompagne son cercueil... »

En lisant cela, je me sens un extraterrestre. L'ébahissement est dû à la légitimité revendiquée de cette façon d'être, de se divertir, de consommer, de se reproduire. Je prends ma perplexité pour celle d'un étranger, avant de tomber sur une note laissée par l'un des « hussards » :

« Ces vies radieuses m'effraient – leur tranquille assurance, leur transparence, l'absence de la question : "À quoi bon ?". Aller à un concert pendant que des milliers d'enfants sont déchirés par les bombes, en Irak ou en Syrie ? L'obscénité de cette orgie musicale sert à escamoter la guerre, à protéger le confort mental des bobos. Vous savez à quel point j'exècre les intégristes barbus, oui, vous le savez ! Mais je me demande si tout au fond de leur âme noire ne veille pas la flamme d'une impitoyable et cinglante envie de vérité. »

Plusieurs extraits tirés du *Monde* : les intellectuels appellent à éviter l'amalgame. Puis, cet article « Le rêve inachevé » et la photo des jeunes visages inondés de larmes. S'agit-il des rescapés pleurant leurs proches écrasés par un camion, à Nice ? Non, c'est une autre tragédie nationale – un match que la France a perdu face au Portugal, juste avant l'attentat...

Dans le dernier dossier, cette photo : tous les « hussards » réunis. Je devine lequel est Vivien car les autres, dans des postures théâtrales, tendent les bras vers lui – ce jeune homme mince dont le regard flou (il vient d'enlever ses lunettes) semble chercher quelqu'un d'invisible. L'ironie des grimaces ne dissimule pas un air de malaise. Ils me rappellent un autre groupe de jeunes... Mais oui, l'image de la première rédaction de *Libé* ! Des corps mal fichus, l'artificialité des poses... Sauf que l'équipe de *Libération* se montrait idéologiquement victorieuse – les « hussards », eux, ont du mal à cacher leur air de vaincus.

Un clic efface tout, l'ordinateur est vide – vidé d'un monde écorché, onirique, redondant, inépuisable et, en fin de compte, très simple : la vie des hommes qui naissent, désirent, aiment, haïssent, rient, pleurent, meurent. Et à l'écart de l'écran, il y a un petit cimetière dans la Flandre occidentale et la tombe de celui dont les doigts avaient, tant de fois, parcouru ce clavier…

Les livres sont empilés dans les cartons, les «hussards» les emporteront demain. Les vêtements et les meubles, m'a expliqué Gaia, seront embarqués par les compagnons d'Emmaüs.

Reste ce crâne accroché sous le plafond. Les os croisés ne sont pas des humérus mais des moulages en plastique destinés à la mastication canine. Je grimpe sur une chaise, enlève cette risible vanité… Et ne peux retenir un frisson! Les orbites laissent échapper deux objets qui rebondissent sur le plancher.

Je ramasse ce qui est une clef USB puis, sous la table, une autre. Une cache dans une tête de mort, un penchant «gothique» d'adolescents… Il est déjà tard et je suis tenté de jeter les deux clefs dans le sac-poubelle bondé d'affiches. Que pourrais-je y apprendre? Décadence de la race blanche, nuisance des cosmopolites… Et si c'était un mot enregistré à l'intention de Gaia? Le dernier mot qu'un fils transmettait à sa mère… Je me débarrasse du crâne et emporte les deux clefs.

Ce que Lynden appelait «notre repaire», son appartement rue Blanche, condensait l'activité intellectuelle des «hussards». L'absence de tout vestige de leur vie sentimentale me semblait étrange – après tout, ces jeunes hommes n'étaient pas des moines. Je compte découvrir des fragments plus personnels dans les clefs USB. Peut-être même la correspondance de Vivien, des messages envoyés à celle qu'il aimait...

J'ai vu juste. La première clef est d'un contenu exclusivement intime: pas de lettres d'amour – des corps! Une longue kyrielle, photos ou séquences vidéo, de femmes nues, blondes et très jeunes, qui représentaient, j'imagine, les rêves charnels de Lynden. Le type physique est toujours le même: minces, sans hanches ni beaucoup de poitrine, postures alanguies, des sexes pudiquement exhibés entre des cuisses fines...

Les vidéos ne sont pas nombreuses – manifestement, Vivien évitait les séquences de copulation.

Il devait souffrir de voir des grands mâles musclés posséder les sylphides dont il convoitait la chair...

Ses maîtresses se déshabillent, se mettent à se caresser, lançant dans l'objectif des regards de pâmoison, les lèvres ouvertes sur une expiration adressée à celui qu'elles attendent – « moi ! », pensait-il dans la fièvre du plaisir, avant de jouir et de couper ce ballet de postures, soudain pénible à regarder.

D'un site à l'autre, il écartait les vidéos où les jeunes femmes se débattaient, empalées sur des sexes noirs... Quelle mitraille de pensées devait cribler son cerveau ! Les jouvencelles diaphanes, à la ruisselante chevelure dorée, glougloutaient salement en avalant d'énormes phallus bien humectés. Il cliquait, ravalait ses injures. Un Occident rampant dans la fange du rabaissement final, l'homme Blanc, émasculé, autorisant ces bestiaux à saillir ses sœurs et ses fiancées – le pire étant qu'elles y prenaient goût et leur aplatissement de femelles désignait les vrais vainqueurs.

Sa réaction pouvait être même plus enfiévrée : il pestait contre les « négroïdes » et les bobos-collabos (« collabobos », disaient ses camarades) puis, ayant trouvé, sur un site, une juvénile nudité qui s'exposait seule, il l'enlaçait de son regard, s'enflammait, jouissait, gémissait, se figeait, essoufflé par son triste orgasme et n'avait même plus assez de force pour chasser la vérité : la meilleure preuve de la décadence occidentale était ce reflet aigre – son propre visage – dans la noirceur de l'écran qu'il venait d'éteindre avec rancœur.

J'efface ces corps filiformes – un anéantissement immédiat et définitif de ce que Vivien se procurait comme amour physique. Le désir, le plaisir, le dégoût, la répétition lassante et inlassable du même... Je suis sûr que la seconde clef USB contient la suite de cet amer érotisme.

Je l'ouvre et constate que ce ne sont plus des photos mais des textes – le résumé des discussions entre Lynden et Gabriel Osmonde. Le récit est à la première personne, ce qui me donne l'illusion d'entendre la voix même du fils de Gaia.

Un jour, dans la rue de Belzunce, je vois une vieille enseigne d'imprimeur-éditeur. Je pense à mon manuscrit, je sonne, un homme âgé m'ouvre et je comprends que je l'avais déjà croisé! Oui, trois ans auparavant, il sortait d'une brasserie, un cigare entre les dents. À l'époque, j'ai écrit: «Soudain d'une brasserie au nom si bizarre – reflet d'un pays disparu, Douce France – surgit une ruine masculine d'élégance...»

Il me fait entrer dans son étrange logis où, de typographie, ne survit que l'enseigne. J'oublie le but de ma visite. L'apocalypse de la civilisation blanche a pour lui un tout autre sens...

Osmonde et Le Grand Déplacement

«Avez-vous lu *La Mosquée Notre-Dame de Paris*? me demande-t-il. Non? Tous les ingrédients étaient déjà là: l'islamisation, la cabale des gauchistes-mélangistes, la veulerie des Français résignés...»

Il me demande si l'expulsion en Libye que je mets en scène offrira à ceux qui restent en France une vie heureuse. Je réponds que c'est l'idée même de mon livre : débarrassé d'éléments destructeurs, le pays reviendra vers un équilibre social qu'offre la tradition. Osmonde murmure sur un ton rêveur :

« Oh, ces magnifiques familles traditionnelles ! Je les vois d'ici. Une femme maigre vêtue d'un tailleur qui pend comme sur un portemanteau, son mari ranci dans une vie sexuelle très médiocre, leurs enfants, appareils dentaires, lunettes de myopes... Messes, confesses et compagnie. Et vous me parlez de bonheur, Lynden !

— C'est mieux que la famille recomposée des bobos ou une tribu polygame dans une HLM !

— C'est pareil. Les hommes travaillent, copulent, vieillissent, disparaissent. Vingt ou trente mille jours. La part du plaisir est minime et celle des maladies, des efforts vains, des espoirs trahis – énorme. Oui, le bien-être est légèrement indexé sur les revenus, mais le bonheur ? Il n'en dépend pas. Sinon on n'aurait pas autant de dépressifs dans nos pays riches. Ces bonnes familles dans la France restaurée, imaginez le bagne qu'ils vivront. Bureau, impôts, mondanités, paperasserie administrative... Et les rejetons avec leur crise d'adolescence. Et ce retour à la religion. Moi, dans ce cas, je préfère m'exiler en Libye ! »

Le lendemain, il me parle de la théorie des trois naissances.

Naître et renaître

Né petit animal, l'homme renaît comme rouage de la société. La Première naissance est une fatalité. La Deuxième – un rattrapage où les vainqueurs ne sont pas toujours les plus forts. On connaît ces « nabots géants » : Attila, Napoléon, Lénine, Staline, Onassis... La Deuxième naissance est un jeu, le muscle cède devant la méninge, la brute – devant le jongleur de concepts. Le mot remplace le réel.

Désorienté, j'insiste sur la « réalité objective »... Osmonde cite alors l'exemple d'un enfant, né avec de gros handicaps physiques (asthénie, malformation génitale...). Que lui aurait réservé l'âge de pierre ? La réponse est claire – la mort par sélection zoologique. Et le milieu patriarcal ? Ce petit « taré » serait resté l'idiot du village. Grâce à la Deuxième naissance, il se retrouve à la tête d'une redoutable armée et manque de peu la conquête du monde. Sa Première naissance est un être chétif et peu doué. Sa Deuxième est Hitler. Un autre enfant : visage grêlé par la petite vérole, un bras débile, la taille d'un mètre soixante-six. Néandertalien, il n'aurait pas survécu. Une famille traditionnelle en aurait fait un prêtre (il avait failli le devenir), sa Deuxième naissance l'a transformé en Staline.

Le jeu suprême

Dans la foire planétaire de la Deuxième naissance, l'homme vend ce que la Première naissance lui a donné : sa force ou sa faiblesse, sa beauté ou sa laideur, son tempérament de soumis ou son esprit dominateur. Ce négoce troque singeries mondaines, ornements psychiques, statuts, grades, rivalités, hiérarchies, sexe, pouvoir. Et surtout la peur de manquer. La Première naissance nous limite biologiquement (dix orgasmes journaliers sont improbables). La Deuxième – univers qui vit de mots – n'a pas de limites. Tout posséder, rendre extensibles les quelques ridicules milliers de jours de notre vie, y entasser des corps conquis, des honneurs gagnés, des signes de l'obéissance des autres.

C'est la logique de l'homme : croître, forcer la productivité, démultiplier le nombre. Comme lui, l'humanité se dilatera à l'excès avant d'exploser et de disparaître.

Osmonde chez les hussards

Parler devant cet homme nous donne un léger vertige. Il observe notre « propagande murale » sans réagir et, pendant la discussion, signale sa présence juste par le halo de son cigare… C'est Manuel, notre « camelot du Roy », qui ouvre le débat. Ardent, sourd aux objections, il a appris « d'une archive très sûre » que le comte Fersen avait l'intention de protéger le couple royal dans leur fuite – à la tête d'une escouade, il aurait contré « la racaille révolutionnaire ». Trop amoureuse, Marie-Antoinette lui imposa de les laisser partir seuls. Fatale erreur ! Car sinon… Manuel s'enflamme, mime Fersen qui embroche les agents de Robespierre.

Osmonde ne réagit pas mais son attitude – un cigare et ce portable dans la poche de sa veste – nous fait soudain comprendre que la catastrophe de 1789 est une très, très vieille histoire.

Matthieu (un tic soulève un coin de sa bouche) déclare que l'abbé Grégoire était payé pour sa défense du « peuple déicide ».

Jean-Charles me prie de lire un chapitre du *Grand Déplacement* – j'accepte, non sans un picotement d'orgueil. C'est la première version, la plus âpre. J'y cite un article de Montandon, *L'Ethnie juive devant la science*, où, en 1938, il se prononce pour la création d'un « État israélite » qui éviterait le métissage des juifs avec les autres – ce crime devrait être puni de castration pour les hommes et « d'ablation de l'extrémité du nez » pour les femmes. Georges Montandon, membre du Parti communiste suisse ! Le détail suscite notre hilarité. Encouragé, je martèle une citation tirée de *Mein Kampf* : « Un homme dont la culture scientifique est rudimentaire, mais le corps sain, est un membre plus utile à la communauté nationale qu'un infirme quels que soient ses dons intellectuels. »

Silence gêné. La présence d'Osmonde – puissamment bâti et gardant dans ses traits abîmés une beauté altière de patricien – fait grésiller dans nos têtes une pensée malaisée : ces « infirmes » dont parle Hitler, ce pourrait être nous ! Instinctivement, je replie ma jambe gauche avec sa chaussure orthopédique.

134

Nos chaises craquent et, avec une conviction un peu trop appuyée, les hussards saluent mon texte qui « n'y va pas avec le dos de la cuillère en plastique » ! Je demande son avis à Osmonde.

Il lâche un halo de fumée puis, comme pour mieux nous voir, chasse ces volutes et s'enquiert : « Au nom de quoi vous vous battez ? Ce que j'entends ici vous rend marginaux, sinon passibles de poursuites, comme on dit. Pour quel monde meilleur vous sacrifiez-vous ? »

Notre chœur désaccordé lui répond : la France, l'avenir de la civilisation... Une question plus déconcertante : « Et cette "France", c'est quoi au juste ? » L'air que nous aspirons semble raréfier l'atmosphère : « Mais c'est... » Il répond à notre place : « Ce sont ses soixante millions d'habitants. Or, ces gens mettraient en pièces celui qui oserait critiquer leurs habitudes de ruminants, leur confort d'assurés sociaux, leur envie de polluer en roulant vers des plages bondées, de gigoter devant un match de foot, de compter leurs points de retraite, d'être Charlie ou "Allez les Bleus !", de laisser leur chien salir le trottoir, de lire L'Équipe, de s'offrir une fille dans un pays du tiers-monde, de se payer des séances de psy et de lire des livres qui racontent cette vie d'Occidental moyen... »

Jamais auparavant nous n'avons autant senti l'épaisseur de la masse humaine prête à nous sauter à la gorge pour défendre ses « acquis ». Osmonde presse son index aux lèvres. « Tsss ! Laissez-les dormir, vos braves contemporains. Ils n'ont que ce jeu-là à jouer. Pendant quelques milliers de jours. » Il se lève, nous salue et lance de sa voix grommelante : « Votre combat est le reflet de leur sommeil. En les dénonçant, vous vivez leur cauchemar en miroir. Il vous emprisonne. Sciez les barreaux ! Lynden vous aidera... »

Je suis alors frappé par cette évidence : racisme et antiracisme, passéisme et révolution, laïcisme et fanatisme, cosmopolitisme et populisme sont deux moitiés d'une même scène où s'affrontent les acteurs, incapables de quitter ce théâtre. Or la vérité de l'homme est en dehors des tréteaux !

Osmonde et le peuple des joueurs

Je le revois chez lui, rue de Belzunce. Il est en train de lire un article sur Bernard Madoff. Personne, mieux que cet escroc américain, ne correspond à l'image de l'affairiste juif haï par les hussards... « Un archétype parfait ! » dis-je à Osmonde. Il plie le journal avant de répliquer : « Eh bien, moi j'admire ce Madoff ! Si j'étais plus jeune, j'organiserais son évasion. Cent cinquante ans de taule ! La justice américaine a un sens de l'humour un peu lourd. Oui, je l'aiderais à s'évader, le cacherais chez moi et je lui demanderais pourquoi, quand la faillite de sa société était déjà prévisible, il n'a pas fui sur une île de rêve ? Il aurait pu simuler sa noyade, il adorait les bateaux. Toute sa vie était une simulation. Une prestidigitation, plutôt ! Avec un père plombier, il débute sa carrière comme maître-nageur, puis crée sa première boîte :

cinq mille dollars de mise de fonds... Et dans sa magie finale, son haut-de-forme avale soixante-cinq milliards ! Mais le sommet de l'art c'est qu'en prison, Madoff met la main sur tous les distributeurs de chocolat en poudre et s'enrichit de nouveau ! »

Osmonde rit, mordillant son cigare. « Un génie ! Il a compris le sens de la Deuxième naissance : je joue donc je suis. Une comédie cruelle, absurde, harassante car elle nous oblige à rendre crédible le personnage que nous campons et puis, un jour, à mourir en costume de scène. Madoff a joué le brasseur de milliards, a perdu et, pour montrer qu'il méprisait cette farce, il a interprété, en prison, un rôle de sa composition : le maître du chocolat en poudre ! Pour cette pièce-là, je donnerais tout le théâtre moderne. Et les bla-bla de tous nos penseurs – pour une seule conversation avec ce joueur ontologique ! »

Je rétorque : joueur ou pas, ce Madoff reste le beau spécimen d'un peuple très singulier dans son rapport à l'argent. Oui, une prédisposition congénitale, l'appel du sang. Sur le visage d'Osmonde passe une expression déçue comme si, à un spectateur ébloui par un feu d'artifice, on expliquait la composition rudimentaire des explosifs.

« Le sang ? Le sang spécifique du juif Madoff ? Je vous ai parlé de Théodore Godbarsky, l'inspirateur des diggers. Eh bien, en 1937, à Paris, au Congrès international des populations, il rencontre un anthropologue lituanien, Julius Brutzkus, qui étudie ce qui vous intéresse : le sang. Godbarsky vient présenter une brève synthèse "L'Alternaissance comme dépassement de la race", Brutzkus – une allocution "Les groupes sanguins parmi les populations juives". Un sujet périlleux : les délégués du IIIe Reich prennent part aux discussions. Pour éviter une riposte frontale, Brutzkus reconnaît que l'indice sanguin est lié aux caractères raciaux. Selon l'analyse du sang, dit-il, "on peut diviser le peuple juif en quatre types : occidental, européo-asiatique, turco-sémite et méditerranéen. Ce qui correspond à la différenciation de la forme du crâne – un groupe de sémites dolichocéphales en Europe occidentale s'est mélangé avec les mésocéphales et, en Europe orientale, avec des brachycéphales..." La doxa est respectée : sang, race, craniométrie... Et c'est là où Brutzkus abat son jeu : "L'histoire du prosélytisme explique des phénomènes paradoxaux, à savoir que les juifs de Berlin sont, d'après l'examen de leur sang, des Européens d'un type plus pur que les Allemands eux-mêmes." Les juifs sont plus européens que ne le sont les Aryens ! Je ne sais pas si Hitler connaissait les opinions du docteur Brutzkus... Celui-ci, pendant la parenthèse libérale en Lituanie, est nommé ministre, avant de quitter ce pays qui, en décembre 1941, se déclare "*judenfrei*" – libéré des juifs. Vilnius, cette Jérusalem du Nord, est inondée de leur groupe sanguin. À proximité de la ville, dans la forêt Ponary, le sol, sous les pas d'un marcheur, fait remonter du rouge. »

Osmonde devine ce que j'en pense : une narration victimaire servant la stratégie du peuple élu. Comme pour me déstabiliser, il demande : « Et que dites-vous de l'histoire humaine ? » Je bafouille : « L'histoire ? Depuis le... début ? » Il sourit : « Oui, depuis le début. » Je flaire un piège : « Écoutez... Les historiens parlent surtout de guerres... »

Il opine, en rallumant son cigare. « Ils ont raison. Un étripage permanent, des massacres de plus en plus technologiques, l'enfer avec sa panoplie de tortures – flammes, asphyxie, châtiments de masse. » Il reprend, d'une voix de conteur : « Et donc sur cette planète gorgée de sang débarquent quelques Martiens qui préfèrent la lecture à la torture. Quel pourrait être leur conduite ? Martien, je chercherais à développer une solidarité tribale, à me méfier des indigènes, ces tueurs nés, à aménager un ghetto protecteur. Ces Martiens, vous l'aurez compris, ressemblent beaucoup aux juifs... »

Je relève vite la faille de son raisonnement : « Vos Martiens ne sont pas des innocents, ils participent à la marche de ce monde !

— Réfléchissez, Lynden. Un Martien observe notre logique et se met à jouer d'après nos lois – les lois de la Deuxième naissance : pouvoir, rivalité, richesse. Il joue mieux que nous, c'est sa survie qu'il a misée... Madoff a vécu le drame que tout Martien affronte un jour. Se battre, s'enrichir, dominer et, soudain, se souvenir qu'il s'agit d'un jeu où même le vainqueur ne vit

139

que quelques milliers de jours. C'est alors qu'un très probable futur président de la République tue le personnage qu'il joue – et se laisse offrir une fellation dans un hôtel new-yorkais. Un autre se résigne à passer un siècle et demi en prison. Je me suis souvent senti martien. Chaque homme a un gène de martianité. Sauf que ceux qui osent l'avouer sont rares. La majorité – les craintifs – s'accrochent à leur rôle. Le vrai Martien fonce contre le mur de l'impasse et, parfois, au moment où le sang de son crâne éclaté lui inonde les yeux, il aperçoit la lumière dans la fissure percée par "son coup de tête". Oui, un joueur ontologique. »

Je l'interroge sans dissimuler mon désarroi : « Cette percée dont vous parlez, c'est ce que les diggers appelaient l'Alternaissance ? »

À l'évocation des diggers, son visage s'éclaircit.

« C'est un premier pas au-delà de la Deuxième naissance : un comédien quitte la scène, malgré les mines ébahies de ses confrères, le chuchotement du souffleur, les sifflets du public... »

Je ressens la tension d'un choix vital pour moi : continuer à vitupérer en compagnie des hussards, ou bien rejoindre le troupeau des « craintifs » ? Sinon, me faire « Martien » et me fracasser la tête contre le mur de l'impasse...

« Et vous, Gabriel, avez-vous trouvé une percée dans le mur ? »

Il ne répond pas tout de suite, j'ai le temps de regarder les photos accrochées à travers sa « tanière » : une

140

femme nue endormie dans un hamac, une autre se baignant la nuit dans une piscine… Et celle-là, éblouie d'un soleil australien. Il suit mon regard.

Une femme qui est sortie de l'impasse

« C'est Ida Ray… Vos hussards lui auraient sûrement infligé un test sanguin. Et ils auraient eu tort car la Première naissance, c'est bien plus que le sang. Le corps, la chair, l'exaltante animalité du désir, l'attirance qui n'a rien à voir avec vos théories raciales. Ida avait un corps sublime – un animal magnifique, oui, une noble antilope. Une femelle royale ! Des mollets tracés au pinceau, des cuisses larges et lisses. Une croupe ample, une taille qui semblait se rompre entre mes doigts. Des seins lourds, chauds. Et le visage ! Mais oubliez ces mots, Lynden, car c'est par les mots que s'impose le mensonge de la Deuxième naissance. Nous, nous parlons de la Première – l'instinct, la chair, l'attrait d'une belle antilope. Ida avait les yeux de cette bête – grands, sombres, étirés vers les tempes. Et quand, dans l'amour, sa chevelure lui cachait le visage, ses yeux brillaient au travers de ses boucles noires balayées par le plaisir. Aucun écrivain n'a su dire que le seul frémissement des narines d'une femme qui se repose après l'orgasme vaut mieux que toute cette prose moderne, dégoulinante de psychologie névrotique.

Notre corps est moins menteur que nos idées. Quand j'ai connu Ida, elle était, physiquement, un sommet esthétique de la Première naissance. Et moi – un idiot qui voulait épuiser le monde et ses plaisirs. Nous nous sommes séparés et ce chef-d'œuvre de chair, nommé Ida Ray, réussit également sa Deuxième naissance : carrière au barreau de Sydney, mariage avec un magnat, enfants, renommée professionnelle. Elle m'en a parlé déjà comme une digger : sa vie, cette mise en scène usée par tous ceux qui avaient joué la même pièce. Ironique, elle en notait les nuances : sa chevelure qui allait bientôt imiter le crin blanc de sa perruque d'avocate ou encore l'empreinte d'un fessier enduit de crème solaire, au bord de la piscine de leur villa – un "autographe" laissé par la maîtresse de son mari... Et aussi, l'expression béate du cher époux quand, au moment du divorce, il a su qu'Ida ne lui demanderait rien.

Je l'ai revue un an avant la défaite des diggers. Jusqu'au bout, ils croyaient à la possibilité de l'Alternaissance... Nous avons fait un voyage en Tasmanie avec l'idée d'une fondation à créer sur l'île. Le bilan de nos vies était clair. Ou plutôt nos deux bilans inversés : grâce à ce que lui avait fourni sa Première naissance – sa force, sa beauté, sa tête bien faite – Ida était sortie victorieuse dans la Deuxième, et moi, bon joueur de cette comédie sociale, j'ai cherché à triompher dans la Première, à posséder toute la chair féminine du monde. J'avais interrompu, une dizaine d'années auparavant, mon décompte de maîtresses : pas loin de trois mille... Nous avons passé la nuit sous le toit d'un vieux baraquement de baleiniers, en

142

écoutant la pluie dans le feuillage d'eucalyptus. Rien ne subsistait de notre passé, de notre soif d'avaler le maximum d'existence. Et ce qui restait me surprenait par son infinie simplicité – la beauté de ce visage féminin vieilli, les reflets du feu sur ses paupières, sa main qui, dans le sommeil, était tendue vers la nuit, comme pour montrer une voie... Je n'avais besoin de rien d'autre. »

Dans la peau de mon double

Comprend-il à quel point je désire cette folle multiplicité, ces trois mille femmes qu'il évoque presque sur un ton d'excuse !

Oui, il le comprend car, soudain enjoué, il me propose d'essayer « la machine à rendre heureux » – la métapraxie qui utilise, me dit-il, les progrès de la réalité augmentée... Me voyant intimidé, il déclare : « Mr. Colt, grâce à son revolver, a rendu égaux les faibles et les malabars. De même, la métapraxie rabaisse le caquet aux privilégiés du destin... »

Dans un local, attenant à la pièce du sous-sol, je découvre plusieurs appareils de simulation visuelle. Je m'étends dans une chaise longue, la tête coiffée d'un casque aux multiples capteurs...

Les premières images mentales précèdent l'immersion, puis deviennent ce que j'éprouve véritablement. Une coulée de cheveux blonds sur les épaules d'une jeune fille, son sourire naissant. Voir son corps se dénuder ne me surprend pas. Le seul étonnement

143

est le lien qui se crée entre nous – chacun de ses gestes répond au souhait que je n'ai même pas le temps de définir. Mon regard effleure sa peau délicatement dorée, mes lèvres savourent, à distance, les lignes souples de son cou, de ses petits seins. Elle entrouvre pudiquement ses cuisses, se tend vers moi de tout son corps qui garde une minceur adolescente. Sa bouche, dans un murmure expiré, épelle mon prénom – Vivien – qui sonne comme « viens ! » Et c'est à ce moment que plusieurs hommes s'introduisent dans la pièce. Ce sont de « gros Noirs », formule ma pensée, et je ne comprends pas pourquoi je dois reconnaître leur inexplicable priorité. Ils sont cinq et, sans attendre, ils se mettent à enserrer le corps de la jeune fille. Ce faisant, ils échangent des commentaires salaces sur leur victime. Elle me lance un bref appel à l'aide, mais sa silhouette se noie déjà sous la masse de graisse et de muscles, puis ressurgit – les lèvres déformées par un sexe qui l'étouffe. Tout se passe sous ce tract collé au mur : « Nous fraternisons avec vous, chers nègres, et vous souhaitons une prochaine arrivée à Paris et de pouvoir vous y livrer à ce jeu des supplices où vous êtes si forts », Roger Vailland. Plusieurs personnes assistent à la scène, plutôt bienveillantes. Ce sont les membres de la première rédaction de *Libération*, ces filles maigres et laides, ces jeunes hommes efféminés et sales. À l'arrière-plan se faufile un vieillard, au rictus vindicatif. Soros ! La sauvagerie du viol me tétanise mais je vois que la jeune

144

fille prend de plus en plus goût à ces coïts ! Dans un sursaut de dignité, je me redresse, mes mains rencontrent le froid d'une pièce de métal. C'est un fusil d'assaut, je mesure avec joie son efficacité pesante... La première rafale vise le tas – cet amas de chair noire qui éclate et déverse ses viscères sur le sol. Les spectateurs s'affolent, j'entends des appels à ne pas stigmatiser... Seul le vieillard réussit à se sauver, dévalant l'escalier qui s'enroule en tire-bouchon, multipliant les marches à l'infini...

Osmonde m'aide à ôter le casque, à quitter la pièce... Je sens en moi le vide formé par ce que je viens de vivre : l'amour, le viol, la joie extatique d'une révolte et cette faiblesse dont je pense être contaminé à vie. Il me rassure : « Ce que vous venez de rêver n'est rien d'autre que le court-circuit mental qui vous hante : une dulcinée blonde, les "envahisseurs", les "collabobos" et, bien sûr, le diable incarné par Soros... Vous auriez dû, pour une fois, oublier ces bêtises et faire l'amour avec une star de cinéma... »

Ses paroles me mettent au bord des larmes. Je lui dis que je n'ai pas besoin de sa machinerie – les sites porno me suffiront. Ce rejet est tout ce qui me reste pour ne pas trop me mépriser.

... Avec le recul, je comprends que le côté délirant de mon rêve métapratique n'avait rien d'irréel. Les mêmes faits se sont produits à Cologne, à Stockholm, à Telford – des centaines de femmes violées, le silence des médias, la police refusant d'enregistrer les plaintes.

Et, sans doute, un jeune fiancé qui assistait au viol de sa bien-aimée, impuissant face à la foule de mâles déchaînés... Osmonde avait raison, la métapraxie ne crée pas une nouvelle réalité, elle révèle l'essence du monde qui nous entoure.

La note finale laissée par Lynden ne comporte qu'une phrase: «Aujourd'hui, Johanna assiste pour la première fois à notre réunion. Son apparition n'est pas un événement mais l'Avènement. »

Aucun autre commentaire – je risque donc de ne jamais savoir ce qui s'est produit entre cet «avènement» et le suicide de Vivien.

Le lendemain, l'un des «hussards», Matthieu, passe pour emporter les livres. C'est le jeune homme affligé d'un tic qui fait trembloter sa joue gauche. Il est d'une complexion fragile – je lui propose de l'aider à descendre les cartons et nous commençons nos navettes vers sa voiture garée derrière l'église de la Trinité.

La tâche accomplie, il me dit avoir envie de jeter un dernier coup d'œil sur leur «repaire». Nous remontons dans cet appartement où chacun d'eux a laissé une part de sa jeunesse. Il s'assied à la table ronde, à la place qui était la sienne, hésite puis me confie: «Quand elle est venue, je lui ai cédé ma chaise…»

Je me retourne. «Elle? Vous voulez dire…» Il hausse les épaules: «Il n'y avait qu'une seule "elle" pour nous. Johanna…»

Il se met à parler, une joue tiraillée par les zébrures de son tic, et je me rends compte à quel point cette petite bande d'amis était assoiffée d'échanges. Leur enfermement a fait de Johanna une messagère du monde extérieur, un témoin qui leur permettait de ne pas prêcher dans le vide. «Elle a dynamisé nos réunions et, pour Lynden, c'était carrément le début d'une vie nouvelle!»

Une jeune fille blonde (Matthieu me montre une photo: les «hussards» avec Johanna au centre) – un corps mince, un habillement noir, un visage dépulpé qui pourrait être celui d'une nonne, d'un mannequin anorexique, d'une Jeanne d'Arc de cinéma, d'une toxicomane, d'une égérie des surréalistes… Eux, ils voient en elle leur sœur commune. Et Lynden – l'idéal de la beauté, la féminité incarnée, la personnification exacte de ses attentes amoureuses. Était-elle devenue sa compagne charnelle? Matthieu élude l'hypothèse qui ravive les frissons de sa joue.

La présence de Johanna insuffle de l'espoir à leur cause, ils recommencent à croire que «l'héritier reprendra son héritage et montera au trône», que l'oligarchie mondialiste est près de s'effondrer, que l'invasion migratoire pourra être stoppée par un régiment de paras peu avares de tirs en rafales…

Leurs discussions se font virilement batailleuses et Johanna rit en les entendant épeler non pas « voter » mais « veauter » (car les Français sont des veaux), non pas « médias » mais « merdias ». Ses yeux brillent quand ils proposent de jeter « une grenade quadrillée dans toutes les bagnoles d'où sort du rap ». Elle est le miroir dans lequel ils se voient intrépides, victorieux.

Ainsi réverbérées, leurs convictions se durcissent. Jean-Charles rédige un *Guide raisonné du racialisme* où l'on peut lire la citation d'un certain Alfred Thooris : « Un Français qui profère : "Il n'y a pas de race !" est un être indigne de sa lignée. Autant dire : "Nous sommes des chiens de rue." C'est par la conservation de sa race qu'un peuple survit. » Et même Alexis Valikoff, plutôt timide, se découvre un talent de tribun. D'une lointaine origine russe, il dénonce les « marionnettistes juifs de la révolution de 1917 ». Oui, la catastrophe russe a été ourdie par Israël Gelfand qui finançait les bolcheviques !

Pourtant, c'est Lynden qui impressionne le plus la jeune fille. À chaque réunion, il lit un ou deux chapitres de son *Grand Déplacement*. Souvent, le soir, quand les hussards quittent l'appartement de la rue Blanche, Johanna reste avec Vivien… Aucune remarque leste ne vient ternir cette relation. Leur pasionaria n'est pas un être de chair mais une idée, une icône, une sonorité vocale, fervente et intransigeante.

Un soir, elle lance un projet : enregistrer leurs débats. Une petite caméra, intimidante au début, se révèle un formidable excitant. Ils croient s'adresser à une foule d'adeptes, à des futurs convertis qui boivent béatement leurs propos iconoclastes !

« Tout cela était trop beau pour être vrai… »

Matthieu soupire, prêt à reprendre son récit mais les trémulations de sa bouche sont si vives qu'il colle sa main à sa joue, l'air d'avoir mal aux dents. Je cherche à éviter l'apitoiement – un petit jeune homme vêtu d'un trois-pièces à rayures, le pantalon flotte un peu, la veste semble avoir des épaules vides…

Il réussit à dompter son élocution : « Quand Johanna a disparu, nous avons tout fait pour la joindre. Vivien a même contacté Enzo, un gars exclu de notre groupe pour des raisons de divergences politiques : ce félon corse admirait Paoli et sapait donc l'idée du royaume de France, un et indivisible. Il bossait pour plusieurs journaux en ligne et connaissait plein de gens à Paris. C'est lui qui nous a vendu la mèche… »

Leur sainte Johanna préparait un documentaire (pressenti pour Arte) sur les activités d'un groupuscule néonazi. Les débats enregistrés étaient éloquents, tout comme les affiches sur les murs. Elle ne venait plus car la somme de séquences filmées était surabondante – il suffisait de jouer sur les éclairages anxiogènes et le timbre de la voix off, lugubre et comminatoire…

Estomaqués, les hussards sonnent le tocsin et constatent qu'il n'y a pas d'échappatoire : ils ont donné, eux-mêmes, l'autorisation de tout enregistrer ! La dispute éclate, le bouc émissaire est vite désigné – Vivien, l'ami intime de la «salope», l'appellation les écorche au début, puis s'impose comme surnom officiel. Chacun s'attend à être interpellé par la police et, trahi par les autres, jugé et condamné.

«Personne n'aurait cru que Vivien puisse se tuer, avoue Matthieu d'une voix sourde. Et pourtant, c'était la seule façon de faire capoter le projet du film...»

Ils cachent les «pièces à conviction» (tracts, dossiers, livres), puis, une fois l'enquête close, créent ce musée dédié à leur camarade... Quant au film, le suicide refroidit l'intérêt des chaînes de télé – le danger «populiste» se vend bien, mais pas avec un cercueil en sus...

Je me dis que ce «film d'investigation» était peut-être tout simplement mauvais : idéologiquement obèse, techniquement bancal. Il lui manquait le côté «caméra cachée» – les camarades de Vivien se savaient filmés et même aidaient Johanna à régler le son et le cadrage. Oui, une apprentie cinéaste et des comédiens débutants qui surjouaient leur rôle de scélérats.

«Sa mort nous a sauvés !» conclut Matthieu avec un brin de pathos théâtral. Il porte des chaussures vernies étroites, vieilles mais élégantes, posées sur le plancher comme celles d'un mannequin en vitrine – figées et trop parallèles.

Nous nous quittons devant sa Renault break. Il part et – risible coïncidence – une voiture le dépasse en lui faisant une queue de poisson. Derrière les vitres ouvertes, on voit plusieurs jeunes, hommes et femmes, et l'on entend une musique poussée à fond – du rap en arabe! Une main féminine jette un mégot – un bras nu, l'éclat d'un beau visage aux grands yeux sombres. Oui, les «envahisseurs» dénoncés par les amis de Vivien... La voiture remonte la rue en brûlant un feu – se précipitant à une fête, me dis-je, le festin de la vie que Matthieu ne saura jamais partager.

V.

Métapraxie

Gaia viendra à Paris le vingt-six décembre pour régler les dernières formalités avec la propriétaire de l'appartement. Il me faudra lui raconter, de la manière la plus indolore, la vie de Vivien, l'amour obnubilé qu'il a conçu pour Johanna et la fin qui, malgré un parfum de mélodrame, ne fut pas sans grandeur.

La veille du rendez-vous, ma décision est prise : je parlerai d'Osmonde, de ses tentatives d'expliquer à Vivien en quoi la vision des « hussards » était erronée. Ainsi le drame paraîtra-t-il moins atroce : le jeune homme est mort au milieu d'un cheminement rédempteur, accomplissant un beau geste de sacrifice. Je ne sais pas si Gaia est croyante mais le bon vieux fonds chrétien doit s'accorder à cette version édifiante.

Au téléphone, pour ne pas avoir l'air de l'inviter chez moi, je lui propose de « loger chez Osmonde ». Je pense à la modicité du train de vie que pourrait être celui d'une traductrice littéraire.

Le soir, nous nous retrouvons dans ce souplex qui m'appartient aussi peu qu'à Gaia et qui me rappelle de nouveau les endroits où s'installaient les diggers, des lieux désertés, précaires, mais enracinés dans un rêve commun.

Pendant le dîner, Gaia semble dédoublée – une femme très calme (« une femme sans psychologie ») et qui se voit contrainte d'exécuter un rôle étranger à ce qu'elle est désormais. Je devine sa crainte : elle va découvrir la cause du suicide et, peut-être, une lettre que son fils aurait laissée – l'un de ces mots qui n'accusent personne et qui font peser une culpabilité sans rémission sur les proches.

Pour ne pas donner une impression d'esquive, elle refait des confidences que j'ai déjà, en partie, entendues.

… Sa jeunesse, aux Pays-Bas, dans les années quatre-vingt, une étudiante qui s'applique à répondre aux mots d'ordre de l'époque – brassage de cultures, métissage… Elle adhère à une association d'aide aux immigrés, héberge un Somalien, rêve de s'installer avec lui à Mogadiscio. Comme le gars n'est pas pressé de rentrer au pays, elle se bat pour lui obtenir les papiers, l'insérer dans son cercle d'amis. Au terme d'une discussion tendue, les parents de Gaia, qui habitent à Liège, acceptent son projet de mariage… C'est en rentrant de cette réunion de famille qu'elle surprend son presque fiancé copulant avec une camarade. Le brio vaudevillesque de la scène lui évite trop de souffrances. Elle enchaîne des liaisons, des «expériences», pressée de tourner la page. Sa fièvre amoureuse s'efface bientôt devant un nouvel avatar : l'exaltation de la maternité, le miracle de perpétuer la vie. Cette jeune mariée enceinte aurait eu du mal à se reconnaître dans celle qui, un an auparavant, ne jurait que par les amours interethniques. Son époux, Eddy, est un paisible Flamand chauve, ignifuge face aux laves métaphysiques de l'esprit, un vrai sage dans sa somnolence : ce fonctionnaire européen est capable de déposer sur la table basse de leur salon des livres comme ces *33 Leçons de bonheur* ou *Quels poissons pour le bassin écologique de votre jardin ?* Un homme fin et doux, avec une poignée de main à la mollesse d'une barbe à papa. Le quotidien de Gaia acquiert cette même consistance émolliente – protection idéale pour son bébé rose et rond, le but premier de sa vie. Les accès de lucidité (des «flashes», dit-elle) sont rares, elle les met sur le compte du baby-blues : un petit mortel de plus sur une planète surpeuplée, un être qui va souffrir, se battre, chercher à se faire aimer, pleurer, vieillir, mourir. La maternité, cette béate transmission de la mort... Non ! Son fils est un pur épanchement de l'amour, un sens absolu !

Trois années passent, elle part en Inde, pour le compte d'une ONG, et laisse ce «sens absolu», pédalant déjà sur son tricycle, aux bons soins d'Eddy – un homme idéal qui encourage ces missions

157

humanitaires (elle ne sait pas encore pourquoi). Plusieurs autres voyages la guérissent de son culte naïf de la maternité. Et s'il lui arrive de se traiter de mère indigne, elle se reprend vite : Vivien sera content d'avoir eu pour mère non pas une poule couveuse mais une femme militante qui a su rompre avec le confort bourgeois de son « milieu d'origine ».

Son engagement la pousse vers le journalisme et des sujets typiques pour les reportages « free lance » : la destruction de la forêt amazonienne, l'esclavage dans l'industrie textile au Bangladesh... Elle se réjouit de l'indépendance du Kosovo, fait l'éloge des Américains qui sont sur le point d'anéantir les talibans...

Son fils a quatorze ans quand il découvre l'homosexualité de son père. Gaia se souvient de cette journée de mars – elle est en train de peaufiner son article sur la chute du « régime sanguinaire de Saddam », la porte s'ouvre et Vivien, d'une voix qui soudain semble avoir terminé sa mue, exige : « Maman, je voudrais te parler, tout de suite... » La conversation se passe mal – Gaia tourne en dérision les soupçons de son fils, le traite de gamin affabulateur... Il s'en va, sans un mot. Ce départ silencieux la trouble, elle téléphone à Eddy qui, avec une douceur penaude, avoue sa préférence pour les hommes. Le soir, on les appelle de l'hôpital où Vivien a été admis après son accident de moto. Elle pleure beaucoup en apprenant qu'il va garder sa claudication. « Le sens absolu, se rappelle-elle, le miracle de la maternité. » Une pensée la poursuit pendant des mois : non, ce n'est pas seulement la main d'Eddy (il vit désormais avec son copain) qui rappelle la barbe à papa, non, c'est leur vie, leur « modernité », qui a cette texture – mollasse, fuyante et débilitante – jusqu'à l'écœurement. Elle tente de se réconcilier avec Vivien, tend des « perches » : livres, projets de voyages... Il refuse sans agressivité et cette esquive la tétanise – son bébé rose est ce jeune homme qui s'éloigne chaque année davantage, sombrant dans ses idées haineuses. Le « flash de lucidité » la rassure : « Il est majeur et vacciné, comme on dit, il faut lui laisser sa liberté car c'est aussi la mienne ! »

À l'approche de ses quarante-cinq ans, elle renoue avec l'humanitaire – « pour fuir la barbe à papa européenne », explique-t-elle à ses amis. En fait, pour retrouver sa jeunesse et le souvenir de son amant somalien. Elle participe à l'équipement d'une flottille à destination de Gaza, ensuite s'engage dans un réseau d'aide aux migrants. Elle y rencontre Max, originaire de Kinshasa, chef d'une ONG, Mer sans barrières. Les talents relationnels de cet homme font affluer des financements – malgré la concurrence féroce entre mille associations qui partagent la manne migratoire.

Collecte de fonds, tractations avec la police, contacts avec les passeurs... Les membres de leur équipe se déplacent beaucoup : Paris, Calais, Catane, Libye... Sa liaison avec Max se déroule dans ce décor de bougeotte, de coups d'éclat médiatisés, de louvoiements à la lisière des lois. L'aime-t-elle ? L'aime-t-il ? Elle chasse ces questions petites-bourgeoises, contente d'avoir à ses côtés un homme, plus jeune qu'elle, et qui n'est pas rebuté par « cette grosse femme ». Il la prend toujours avec force, laisse des bleus sur la peau de ses seins, lui impose des fellations en l'attrapant par la nuque... Elle se dit qu'à vingt ans, elle rêvait de cette vie – liberté, engagement, sexe cru, sans préjugés éthiques ou ethniques. Dans l'un de ses « flashes de lucidité », elle reconnaît que Max est laid et bedonnant et que le politiquement correct interdit de juger ce physique, et que la brutalité de cet homme est une forme de vengeance « post-coloniale ». Sa pensée s'emballe, formulant des vérités encore plus gênantes. Les membres de Mer sans barrières trouvent dans la grande tambouille humanitaire un moyen de pimenter leur quotidien, socialement et sexuellement. Leurs idées sont une mélasse pseudo-chrétienne qui leur fait préférer les migrants jeunes et robustes aux clochards autochtones, vieux et brisés. « Et puis, en allant dans les pays pauvres, nous prétendons apporter le savoir-vivre que nous ne possédons plus depuis longtemps. Devant les femmes en Inde, je faisais l'éloge du couple à l'occidentale. Sans penser au désastre qu'était mon couple à moi… Pour nous rassurer sur nos valeurs humanistes vermoulues, nous les enseignons aux autres.»

Elle veut en parler à Max – peut-être ce «flash» apportera-t-il aussi un nouveau souffle à leur liaison, devenue exclusivement «génitale». Ils se revoient à Bruxelles : Max vient d'obtenir «un matelas de dollars» – un financement provenant, selon lui, d'une des «structures de Soros». Une douzaine de militants se rassemblent dans un appartement de trois pièces, moitié bureaux moitié pied-à-terre, leur QG. Le dîner bien arrosé dure jusqu'à tard dans la nuit, ceux qui s'en vont discutent sur le palier, puis dans la rue. Ceux qui restent continuent à faire sauter les bouchons : Max a promis l'achat d'un drone pour repérer les embarcations des migrants à sauver. Enfin, abruti d'alcool, chacun s'aménage une place où dormir… Gaia croit n'avoir jamais autant bu – son sommeil est une surdité percée de résonances grêles, pénibles. Dans l'obscurité les contours des murs s'esquissent, puis s'évanouissent. Reste la lourdeur de l'ivresse lui bombant les tempes, puis ce chuchotement précipité et des attouchements doux qui, sans la réveiller, lui rappellent qu'elle n'a pas vécu cette tendresse depuis des années… Une pensée, échappée à l'endormissement, identifie celui qui l'étreint. C'est Kofi, un Béninois menu et gracile qui travaille dans leur «cellule logistique». Elle a souvent intercepté ses regards qui moulaient

161

les seins de «cette grosse Blanche» qu'elle se sentait alors davantage… Maintenant, elle perçoit à peine son propre corps qui émerge sous la nervosité des caresses. Une alarme perce – la peur de voir surgir Max! Comme dans un cauchemar où une crainte se réalise immédiatement – une ombre surplombe le lit. Pas de mots de colère, mais des esclaffements sourds. Une main la saisit par la nuque, pousse son visage vers un bas-ventre, vers un sexe qu'on enfonce dans sa bouche. Un ricanement chuinte: «Il faut tout t'apprendre, Kofi… C'est comme ça qu'on les nique, ces truies blanches…» Le sommeil reflue, lui laissant l'unique désir de recracher le sperme dans le tassement des draps – et de disparaître… Au bout d'une minute ou d'une heure, un volet bat, croit-elle, et les criaillements de Max s'opposent à un ton calme, dur. Un nouveau claquement mais, cette fois, en débris de verre et le bruit d'un départ paniqué.

Hagarde, elle s'habille, arrange ses cheveux, trouve une bouteille d'eau, boit et s'étrangle tant la fraîcheur de la coulée est insolite. La tête bourdonnante, elle va dans la pièce voisine, le salon du QG. Un inconnu est assis près de la fenêtre – à contre-jour, elle distingue un gros manteau d'une coupe démodée…

«Vivien!» La reconnaissance ne jaillit pas du regard mais du fond d'elle-même, traversant le dépôt de sa vie. C'est son fils qu'elle n'a pas vu depuis des années et dont la voix, au téléphone, s'effaçait toujours derrière les affaires plus urgentes : un stock de vêtements à envoyer dans un camp d'immigrés, une interview à caler avec un journaliste… Les appels de Vivien la retrouvaient sur un bateau qui maraudait en Méditerranée ou bien après un coït, quand Max, étendu à côté d'elle, lui malaxait machinalement les seins. Elle attrapait son portable, répondait, inventait une obligation et, pour éviter la mauvaise conscience, se disait que son fils avait définitivement viré réactionnaire et qu'ils n'avaient plus rien à se dire.

« Ingrid est morte… Les funérailles ont eu lieu avant-hier. » La voix de Vivien est d'un calme difficilement maîtrisé.

Elle met quelques secondes à comprendre qu'il s'agit de sa mère, Ingrid, la grand-mère de Vivien. Un éveil, à présent presque trop clair, recrée le passé : sa mère n'appréciait pas son activisme humanitaire, elles ont fini par ne plus se voir et les rares nouvelles provenaient des conversations téléphoniques avec Vivien.

« Elle t'a laissé ce paquet. Mais comme je n'arrivais pas à te joindre… »

Un carton, fermé à l'aide d'un ruban déteint. Il le dépose sur la table où traînent les restes du dîner et les éclats d'un vase.

« Et où sont les… gens ? » Elle le demande, affranchie de son mauvais songe insupportablement vraisemblable.

163

« Ils sont partis. Enfin, si tu parles des deux Africains… »

Soudain dégrisée, elle comprend que son fils a probablement assisté à la scène précédente…

« Attends… ils sont partis… sans rien dire ?

— Si. Ils m'ont injurié.

— Et alors ?

— Alors, j'ai planté une balle dans cette photo. Puis une autre, dans ce vase. C'est le pistolet du grand-père. Ingrid me l'a donné quand il est mort.

— Mais tu es fou ! Tu aurais pu les… tuer !

— Justement. Ils l'ont compris et ils sont partis… Pardon de t'avoir réveillée, maman. Au revoir. »

La première balle a touché une photo représentant une kyrielle de visages ravis et niais – des Allemands qui brandissent des pancartes de bienvenue à l'intention des migrants.

Je sais que le récit de Gaia est une mise à mort volontaire de celle qu'elle a été. D'où cette volonté de forcer le trait. Sa relation avec Max, cette liaison « génitale » présentée comme un avilissement consenti, n'était qu'une simple facilité pour une femme complexée par sa corpulence. Max devait y trouver aussi son compte – et dans leur liaison et dans l'humanitaire. Il aurait pu organiser un trafic de voitures volées à destination de l'Afrique ou bien ouvrir une ligne aérienne desservie par des avions hors d'âge. Mais les migrants rapportaient plus. Pendant quelques années... Six mois après cette matinée des coups de feu, il a été arrêté, accusé de frayer avec des passeurs et de s'enrichir en trans-bahutant ses cargaisons humaines.

J'ai envie de dire à Gaia que l'occasion fait le larron et l'occasion, aujourd'hui, est ce boui-boui antiraciste qui perturbe les hommes candides. Max, j'en suis sûr, l'a été. Mais les trois «M» du colonialisme (missionnaires, marchands, militaires) sont, à présent, inversés. On bombarde un pays, ouvrant la route aux marchands, et les nouveaux missionnaires – les humanitaires – escamotent le sang sous leurs sacs de riz et le clapotis de leurs navettes maritimes...

Je suis sur le point d'en parler quand elle me devance : «C'était une vie fabriquée à l'aide de ce que la société nous fournit. À chacun son Meccano : discours, attrape-nigauds intellectuels, postures et béguins idéologiques... Je pourrais être encore à jouer mon rôle dans cette comédie de mensonges.»

Elle se tait puis demande d'une voix qui se veut détachée : «Pourquoi Vivien n'a-t-il pas lu *Alternaissance* d'Osmonde?»

La question me prend au dépourvu – il me faudra maintenant, sans aucune précaution oratoire, parler du suicide de son fils.

«Osmonde lui a passé un exemplaire... Et c'est à ce moment-là que Johanna a rejoint leur bande d'amis...»

Je lui raconte tout. La passion exaltée de Vivien pour cette jeune femme, la découverte du pot aux roses télévisuel... La menace qui pèse sur les «hussards». Et le suicide.

Un soupir rend ses paroles presque mélodieuses:

«Pauvre fille... Elle avait aussi son Meccano à construire...»

Et soudain, comme frappée d'une divination, elle s'exclame: «En fait, c'est elle qui n'a pas eu la chance de lire *Alternaissance*. Ce livre aurait pu la sauver!»

Les jours suivants semblent se déployer après la fin d'une vie. Gaia disait ne plus avoir de rôle à tenir dans la comédie de sa Deuxième naissance. Oui, pouvoir «quitter ce monde sans avoir à mourir». C'est ainsi que nous vivons désormais.

Au matin, sous le store métallique, au rez-de-chaussée de cette ancienne imprimerie, je découvre une traînée de givre. Du printemps à l'automne, Osmonde le laissait relevé de quelques pouces – chassant l'odeur de ses havanes, «par respect pour les dames», disait-il. L'automne était tiède et, en partant pour le Caucase, il a oublié de baisser ce rideau de tôle. Il racontait que parfois, un chat passait la tête dans l'ouverture, observait ce gros homme au cigare derrière son ordinateur, repartait. «Et puis, il a cessé de venir. Sans doute est-il mort. Que deviendront ces moments où nous nous regardions en silence?»

La journée est grise, traversée parfois d'une volée de neige mouillée. Nous déjeunons au Cheval noir puis, revenant à la tanière d'Osmonde, Gaia corrige sa traduction et moi, je prends ces notes où, pour la première fois, un destin m'est visible aussi immédiatement – une femme qui a failli mourir et qui renaît maintenant dans une fragile après-mort.

Elle m'indique les sites où elle publiait ses articles. «Vous y verrez ma brillante évolution intellectuelle», dit-elle en souriant.

Ses premiers écrits, les plus anciens, sont calqués sur la pensée dominante – pauvre tiers-monde, glorieux Américains terrassant les dictateurs, Poutine égale Staline égale Hitler… Sa naïveté m'agace mais en examinant une photo qui la montre au cours d'un de ces conflits vendus sous le nom de «révolutions de couleur», je me dis que, de toute façon, elle n'avait pas «la tête de l'emploi». La beauté sculpturale de son corps était difficile à escamoter sous un kaki d'opérette, au milieu d'autres femmes journalistes, maigres, masculinisées et dont la voix, enrouée par la tabagie et l'obligation de dominer le bruit des hélicoptères, prétendait nous dire la vérité sur le monde.

Je continue à lire, ou plutôt à parcourir ces reportages – ainsi son «évolution intellectuelle» me paraît-elle très rapide. Dans l'un des articles – au lieu de l'éloge attendu de la guerre en Irak – un chiffre surgit: un demi-million d'enfants massacrés!

Ses écrits commencent à se heurter à des refus, son nom se fait rare dans les journaux, se déplaçant vers des sites «alternatifs». En bombardant des cibles civiles en Libye, écrit-elle, on a utilisé des obus à uranium, des milliers d'enfants tués avaient moins de dix ans. Un ex-analyste de la CIA reconnaît que les djihadistes avaient été entraînés et armés par les USA et que Kadhafi a été attaqué car il ne voulait plus vendre son pétrole en dollars. Et que des dizaines de milliards ont été volés par «les croisés» dans la Banque centrale libyenne…

Je crains que revenir sur son passé ne lui soit trop pénible. Mais elle l'aborde sans trop d'émoi : une vie achevée au-delà de laquelle il faudra essayer de vivre.

«Quand je voyais Vivien, il pestait contre les médias (et j'en faisais partie), traitant les journalistes de "chiens de garde du système". Il croyait encore à la sincérité des convictions… La réalité est toute bête : un jeune qui choisit ce métier doit reformater son cerveau à la pensée autorisée. Et, plus tard, il a une famille à nourrir, une maîtresse, une résidence secondaire à payer… Donc obligé de mentir pour garder son temps d'antenne ou sa rubrique…»

J'hésite à évoquer directement le destin de son fils : «Les amis de Vivien imaginaient les Américains monter les complots les plus tordus à l'aide d'un redoutable "deep state". Pour Osmonde, tout était plus simple : un pays qui a créé un monstre – son tentaculaire complexe militaro-industriel, huit cents bases dans le monde, dix-sept services de renseignement et ainsi de suite. Des millions de personnes dont le bien-être (mais oui, famille, maîtresse, ranch, golf, yacht…) dépend de ce Moloch qu'il faut nourrir avec des guerres et des renversements de régime… Allez demander à un général d'éviter un conflit – c'est comme si l'on nous proposait de jeûner pendant un an. »

Le prénom de son fils n'a pas l'air de la troubler, elle enchaîne même sur ce qu'elle sait d'Osmonde.

« Il leur a fait connaître une autre façon de penser. Nous séparons les événements alors qu'il faudrait tout relier. Il citait la fellation que Clinton a obtenue dans son bureau ovale de la part d'une stagiaire. Voilà un homme qui lance des guerres à tour de bras et qui, au moment même où ses semblables meurent sous les bombes, grogne de plaisir, les mains sur les épaules de la fille qui s'active. Osmonde montrait aux "hussards" que la grande Histoire était peuplée de minus pathétiques, tiraillés entre leur Première et leur Deuxième naissance. "Entre leurs érections et leurs élections", disait-il en riant, érections présidentielles ! »

En écoutant ces jeunes dénoncer une immigration de remplacement, Osmonde lâchait avec un nuage de havane : « Si on vous remplace c'est que vous vous êtes résignés à être remplaçables. Celui qui ne veut pas l'être, se bat. » Ensuite, en tête à tête avec Vivien, il ajoutait : « C'est une vieille ritournelle, cher Lynden. Les peuples faiblissent, se renient et sont écartés par ceux qui, encore, désirent désirer. Vos camarades s'affolent à la vue d'une France génétiquement modifiée. Attendez un peu, ces nouvelles populations vont s'entre-baiser, comme jadis les Barbares, et relanceront ce vieux pays pour un nouveau tour de piste. Enfin, il se peut qu'ils le fassent au milieu d'une énième extinction des espèces ou sous une couche de cendres radioactives… »

Un jour, Vivien lui a demandé : « Quelle est votre foi à vous, Gabriel ? Vous dites que l'homme est une bête dont la force est décuplée par le cerveau collectif qui nous rend dangereux à nous-mêmes et à la planète. Mais vous ? En quoi croyez-vous ? »

Osmonde est allé chercher un livre sur une étagère – un album qu'il a ouvert sur une reproduction modeste – un paysage de désert dans le voile bleuté du soir. Un peu maigre comme profession de foi… La seconde d'après, Vivien a eu l'impression de renaître dans la lumière du tableau, par chaque cellule de son corps. Sous l'ombre brumeuse des montagnes, il a discerné la figurine d'un vieillard qui priait. Une caravane, au loin, ne faisait que souligner sa solitude…

« Le tableau s'appelle *La Qibla*, a murmuré Osmonde. Et je n'ai pas besoin de me convertir à l'islam, Lynden. Je suis déjà converti – non pas à une religion, juste au silence de ce vieillard, seul face à l'univers, dans l'infinie beauté de ce coucher du soleil, son éternité à lui. Voilà ce qui est ma foi. »

Gaia se tait, le regard perdu dans l'ondoiement des braises. Elle doit entendre la voix de son fils.

Le lendemain, je la rejoins dans un café de la place Georges-Berry où elle vient d'avoir rendez-vous avec la propriétaire du logement de Vivien. Nous rentrons par la rue de la Victoire, longeons les barrières qui protègent la synagogue. Les piétons y sont rares, ils doivent se dire : avec tous ces attentats, on ne sait jamais. Je sens Gaia tendue, comme si un reliquat du passé la tourmentait encore.

Elle fait un effort pour ne pas le taire : « Dans les tueries de *Charlie* et de l'HyperCacher, les "hussards" ont vu la confirmation de leur logique. Les immigrationnistes récoltaient la tempête... »

Il lui serait vital de savoir que son fils a pu s'élever au-dessus de ceux qui haïssent par habitude et de ceux qui chérissent l'habitude de se croire haïs.

En rentrant, je lui montre certaines pages que j'ai trouvées sur la seconde clef USB. À la manière d'une devinette, Vivien demandait à ses camarades de reconnaître l'auteur qu'il citait : « S'il n'existe pas d'aptitudes raciales innées, comment expliquer que

173

la civilisation développée par l'homme blanc ait fait les immenses progrès que l'on sait, tandis que celles des peuples de couleur sont restées en arrière, les unes à mi-chemin, les autres frappées d'un retard qui se chiffre par milliers ou dizaines de milliers d'années?» Ils nommaient Gustave Le Bon, Alexis Carrel, René Martial… Et apprenaient, incrédules, qu'il s'agissait de Claude Lévi-Strauss. Vivien poursuivait le jeu: «Les juifs, trop nombreux, infesteront le pays. Danger de tolérer les juifs, tels qu'ils sont, à cause de leur aversion pour les autres peuples et de leurs usures.» Voltaire? Un antisémite plus moderne? Montandon? Non, l'abbé Grégoire!

Grâce à Osmonde, Vivien a pu desserrer le carcan mental des «hussards». Sa clef USB en a gardé la trace: «Si l'abbé voulait "régénérer" les juifs c'est qu'il espérait les déjudaïser. En Amérique, on appliquait le même traitement aux autochtones: "Tuez l'Indien pour sauver l'homme en lui!" Notre bon abbé comptait sauver l'homme en qui il fallait tuer le juif… D'ailleurs, Hugo ne disait pas autre chose: "Le Blanc a fait du Noir un homme." Aujourd'hui, pour ce bon mot, notre Victor national serait pendu haut et court.»

Osmonde pouvait être déstabilisant. «Vos hussards, disait-il, lancent leur charge contre les juifs et ne trouvent personne. Car "les juifs" cela n'existe pas. Des juifs, oui, très divers et très divisés – comme dans cette histoire où, après un naufrage, un homme survit sur une île déserte. On le retrouve et l'on voit qu'il a bâti deux synagogues! Ébahissement général. La réponse est d'anthologie : "Je prie dans celle-ci. Et l'autre, je n'y mets pas les pieds!" Ce qui vous échappe, Lynden, c'est la part du jeu dans la vie. Votre camarade Valikoff explique que la Russie des tsars a été détruite par un Lucifer du nom d'Israël Guelfand. Or, ce Guelfand, alias Parvus, était juste un aventurier joueur. Agent littéraire de Gorki en Europe, il a volé les recettes de sa pièce de théâtre. Pour financer le renversement du trône? Non, pour écumer les restaurants avec ses maîtresses… En matière de complot judéo-maçonnique, on peut mieux faire, non? Les vrais lucifériens étaient ces deux crétins d'empereurs, Guillaume et Nicolas, qui se donnaient du "cher cousin" et qui, déclenchant une boucherie mondiale, ont préparé le triomphe de Lénine et de Hitler.»

Un autre extrait dont j'ai gardé la copie : «Vous savez, Lynden, je suis un philosémite… esthétique. Ce peuple produit parfois des visages qui semblent ne pas appartenir à notre espèce. Une beauté surhumaine qui ridiculise Darwin avec ses singes et qui me fait croire que si un Créateur existe, c'est un très grand peintre…»

Son exaltation ne l'empêchait pas d'attraper un livre sur une étagère et de citer : «La laideur des visages éclairés par la lueur du phare frappa Joseph.

Sa répulsion pour cette assemblée de gros nez recourbés, de lèvres charnues, d'yeux liquides était particulièrement vive. Il lui semblait être entouré de masques de reptiles antédiluviens. Il haïssait les traits propres à cette race trop mûre qu'il reconnaissait en lui-même. »

Osmonde s'exclamait : « C'est le personnage juif d'un auteur juif qui parle de Juifs ! Arthur Koestler… Imaginez Balzac décrire ainsi les Français ou Tolstoï, les Russes. Impensable ! Je me moque de savoir si c'est un peuple élu ou non. Le fait est que c'est un peuple extrême ! La beauté divine et la laideur reptilienne dans le grouillement des ghettos… L'idéalisme vertigineux et les bouts de ficelle du matérialisme le plus crasse. L'ouverture planétaire et les solidarités tribales mesquines. Mais surtout "le génie avec lequel certains juifs atteignent les frontières de la Première et de la Deuxième naissance", disait Godbarsky… »

Ce soir, nous vivons ce que Godbarsky appelait « clarification ». Le chaos du monde se décante, la mascarade de l'Histoire révèle son absurdité. Et la masse humaine – magma d'ethnies, de races, de classes, de clans, d'alliances et de mille autres « catégories » – se réduit à son essence : ceux qui acceptent les limites de l'existence et ceux qui les défient. Au-delà de toute appartenance raciale, sociale ou religieuse, nous sommes définis par ce choix – s'endormir dans la masse ou bien refuser le sommeil.

Sans Gaia, je n'entrerais jamais dans cette église, dont le volume écrase les environs : Saint-Vincent de Paul, à deux pas de la tanière d'Osmonde. Par un après-midi d'hiver, nous ressemblons à deux touristes égarés sous une nef obscure.

La religion vise à dépasser notre biologie et notre rôle social – à «sortir de la chaîne», dit le bouddhisme, à «être dans ce monde mais pas de ce monde», plaident les chrétiens. Tôt ou tard, elle devient police de l'âme ou, pire, marraine des lobotomisations idéologiques. D'autres «religions» surgissent. Les antiracistes copient l'inquisition. Les bombardiers humanitaires imitent les armées bénies sous un goupillon...

Nous en parlons en peu de mots : l'homme avec son espoir de ne pas être une simple biologie périssable et son désespoir de goûter si peu aux jeux de l'existence. La religion console les névrosés de la brièveté et du manque : ce qui ne peut pas être possédé ici-bas – est promis après la mort. Dans l'islam, la rétribution est tangible (soixante-dix vierges), les chrétiens se contentent d'un paradis anaphrodisiaque.

« L'humanitaire était aussi une croyance, reconnaît Gaia. Je déprimais quand l'arrivée des migrants marquait un arrêt. L'idéal aurait été que le monde entier se mette à pagayer vers nos côtes ! Ce travail me donnait aussi l'illusion de jouer plein de rôles, d'épuiser la multiplicité de la vie. Dans ma jeunesse, j'étais fière de coucher avec les représentants de tous les continents… »

Pour lui éviter la gêne de l'aveu, j'indique un confessionnal. « Je serais un mauvais prêtre, Gaia. Jeune, je rêvais de connaître bibliquement les femmes de toutes les couleurs… Les théologiens devraient méditer sur le nombre fini de corps qu'un homme ou une femme peuvent aimer dans leur courte vie. C'est la meilleure mesure de notre finitude. »

Nous quittons l'église et, dans le crépuscule, distinguons les jeunes qui squattent les recoins du jardin – la drogue s'y vend jour et nuit. Un autre moyen de déjouer les limites humaines. Une voltige parmi les anges, puis la chute dans la peau de ce gars, assis sur une marche, un jeune Noir, visage gris, œil trouble, et qui grogne, reprochant à quelqu'un la brièveté de la lévitation.

« J'avais peur que Vivien ne commence à se droguer, me dit Gaia quand nous rentrons. Il aurait eu une excuse : son pied bot, l'indifférence des filles et, en compensation, une imagination exacerbée. Par chance, il s'est inventé une "religion" – la défense de l'homme blanc. Et puis, Internet a changé sa vie, même pour ce qui est des choses… physiques, je veux dire, sexuelles… »

Elle est embarrassée et je n'oserai pas lui dire ce que j'ai trouvé sur l'une des clefs USB – ces vidéos de nymphettes blondes, le mélancolique harem de son fils. Je préfère généraliser.

« Pour un débutant, l'expérience doit être explosive – un clic et des milliers de corps s'offrent à lui. Toutes les races et mensurations, postures et perversions au choix et cela bouge, râle, jouit, obéissant au frôlement du doigt sur le clavier. De quoi rendre fou un jeune un peu introverti : cet océan de plaisirs existe, se dit-il, mais j'en suis séparé par un écran ! Autrefois, il lui fallait se faufiler, tête baissée, dans un sex-shop. À présent, cet éros est à portée de l'œil, et d'autant plus rageant…

— Donc, ce jeune n'a qu'à ramasser les miettes », murmure Gaia avec aigreur.

J'annonce, prudent : « Osmonde a essayé de lui faire découvrir… la métapraxie.

— J'ai lu dans son *Alternaissance* la description de cette technique. À vrai dire, j'ai pensé à de la science-fiction…

— Ce que j'ai cru aussi en rejoignant les diggers. Parmi eux, il y avait plusieurs spécialistes de

179

neurosciences. Ils ont mis au point un simulateur qui atteignait une intensité de perception poussée au dernier niveau supportable. Ils appelaient cette méthode "holopraxie", car elle se basait, au début, sur l'usage des hologrammes. Plus tard, on est passé à la stimulation transcranienne. D'où la "métapraxie". Non, ce n'était pas une machine à fantasmes. Plutôt un déploiement maximal des rêves qui préexistent en nous. Un catalyseur de l'imagination.

— En somme, une drogue virtuelle. Ces pratiquants, comme vous dites, risquaient l'addiction...

— J'avais cette crainte. Mais l'effet était autre. Après avoir éprouvé un plaisir d'une puissance extrême ou séjourné dans la peau d'un surhomme, le pratiquant voulait savoir ce qui existait au-delà de cette limite...

— Au-delà ? Mais puisqu'il retournait dans sa vie d'avant...

— Oui, sauf qu'il n'était plus le même. Godb comparait la métapraxie à la tactique qu'employaient, autrefois, les fabricants de sucre. Pour que les ouvriers n'en consomment pas en cachette, on les laissait s'empiffrer, le premier jour, jusqu'à l'écœurement. Le lendemain, ils voyaient dans cette poudre blanche un simple produit à stocker... La métapraxie allait dans le même sens : quand on a joué Onassis, on regarde différemment la richesse et la célébrité... »

Exagérant la décontraction, elle me demande : « Vous croyez que cette machine... métapratique peut encore fonctionner ?

— Osmonde a pu récupérer l'une des installations et je crois qu'elle est en état de marche... »

Une roseur lui monte au visage, elle rejette sa chevelure, cherche une diversion : « Ouf, il fait une chaleur ici ! » Je lui parle de la métapraxie en insistant sur sa technique de plus en plus courante : « Les militaires utilisent déjà cette simulation sensorielle pour l'entraînement de leurs commandos – un procédé qui réunit la perception en 3D, l'imagerie de synthèse et l'activation des zones cérébrales. Si vous voulez voir cette machinerie d'illusionniste... »

Gaia se lève, avec une hâte que son ton essaye de dissimuler : « Oui, pourquoi pas ? Enfin, si l'on n'est pas électrocuté au premier fantasme venu... »

Nous allons dans le local derrière la porte basse – un endroit modeste, vu l'ampleur du projet métapratique. Je commente « les procédures de la séance d'expérimentation », suivant le bref guide-âne laissé par Osmonde. Avec une insouciance feinte, Gaia s'étend dans la chaise longue, rajuste le casque dont je la coiffe. « Ne craignez rien, tout le déroulement est informatisé. Ce n'est pas moi qui vous ferai rêver mais cet ordinateur... » Elle répond par un coup d'œil se voulant narquois mais je remarque que ses doigts joints sur son diaphragme sont animés de menus frissons.

Pendant une dizaine de secondes, son visage demeure dépourvu de toute émotion – l'impassibilité d'un moulage mortuaire… Puis, le masque frémit, s'anime de grimacements. Leur succession est trop rapide pour que je puisse noter les sentiments éprouvés : tendresse, douleur, dégoût, joie, refus, plaisir, déception, sérénité, alarme… Ces mots sont devancés par le papillotement facial – rictus, innocence, ruse, hébétude, un cri muet, bref soupir de jouissance, l'étirement pénible des lèvres, le battement des cils… Les mouvements du corps ne rappellent en rien une convulsion. La vivacité des changements les rend presque imperceptibles. Le torse et les membres vibrent avec la souplesse d'une rotation de toupie – tout semble immobile et saturé d'une énergie contenue.

Je reconnais le paroxysme quand son corps ne peut plus dissimuler l'intensité de l'épreuve – il se débat maintenant comme s'il était entravé, j'ai l'illusion physique de cordes qui se rompraient à ses pieds et ses poignets. Soudain, elle pousse un gémissement, écarquille les yeux et articule avec la netteté d'une voix enregistrée : « Je n'étais donc que cela… »

J'éteins l'ordinateur, débarrasse Gaia de son casque, l'aide à s'asseoir. Son visage, en feu pendant la séance, blêmit et paraît amaigri. Son chemisier et son pantalon sont chiffonnés comme les vêtements d'une femme éméchée qui, à la fin d'une fête, a dû repousser les étreintes d'un rustre… Je crois distinguer dans ses pupilles dilatées le reflet de ce qu'elle vient de traverser – une cohue de silhouettes, un défilé de lieux, vides ou habités.

Elle s'efforce de parler mais sa voix dérape en fausset : « … s'il était possible de… » Pensant qu'elle voudrait de l'eau, je lui apporte un verre, elle boit avant de répéter : « Je me demandais s'il était possible d'interrompre cette expérience… »

C'est alors que je me rappelle avoir oublié de lui donner le petit « bip » qui permet de se débrancher si l'intensité de la simulation n'est plus supportable. Cette femme aurait pu rester dans le dédale de la métapraxie !

D'un pas incertain, elle revient vers la cheminée. « C'était… toute ma vie… revécue en… ? Moins de douze minutes ? »

Elle parle lentement – on dirait une femme qui soliloque sous hypnose.

« C'était plus qu'une vie… Il y avait aussi tout ce que je n'ai pas osé connaître. Et tout ce qui restait

égaré dans ma mémoire. Tant de visages effacés...
Beaucoup de douleurs, stupides et atroces. À présent, tout cela commence à s'effacer...»

... Un jeune étudiant écossais qu'elle a presque oublié. Elle a vingt ans, rêve déjà d'engagements et d'aventures et ce chevalier à la triste figure se montre comique avec ses bouquets et ses sentiments à l'ancienne. Le souvenir est ressuscité avec une précision onirique, jusqu'à la senteur des lys qu'elle jette à la poubelle, en partant pour l'une de ses premières missions, en Éthiopie. Plus net encore – la compréhension que ce jeune amoureux a subi ce que Vivien connaîtrait avec Johanna. Jamais, sans métapraxie, un tel rapprochement ne lui serait venu à l'idée.

Dans cette vie condensée, l'essentiel tient à la multitude des liens, soudain évidents. Gaia annonce à ses parents son mariage avec le Somalien, rentre à Rotterdam et, sur la route, voit le cadavre d'une bête, les pattes de derrière dressées – exactement comme les jambes de la fille qu'elle surprend, une heure plus tard, en train de forniquer avec ce fiancé infidèle. La séquence métapratique fait ressurgir le petit bracelet d'or blanc sur la cheville de la rivale... La même brillance que celle de la chaînette portée par le mari de Gaia, Eddy, cet homme doux qui, avant de se coucher, enlève ce talisman, en riotant: «Si je n'étais pas chauve, ma tête n'y passerait pas...» Gaia est en train d'écrire sur l'intervention des Américains en Serbie quand un rapide recoupement des coïncidences se produit – hier, par la fenêtre d'un bus, elle a vu Eddy, assis à la terrasse d'un café en compagnie d'un homme – leurs têtes se touchaient presque et sur le cou de l'inconnu, scintillait une chaînette. La même. Elle chasse le soupçon, se dit que son mari est «un homme idéal» qui lui laisse la liberté dont elle a besoin : il garde l'enfant pendant qu'elle part recueillir des témoignages sur les crimes serbes… Tout est relié, dans une clarté impitoyable : son journalisme mensonger, son hypocrisie de bobo, les chaînettes en or blanc sur le cou de son mari et de ce copain, l'accident qui fera de Vivien un rêveur désespéré. La métapraxie la pousse même à admettre qu'elle profite des «idées réactionnaires» de son fils, pour le fuir dans le manège humanitaire. Eddy dont elle est séparée n'est pas absent – c'est le contraire de cet homme qu'elle se choisit pour amant. Max porte au cou une chaîne en gros anneaux tordus – symbole de l'esclavage. Il ne l'enlève jamais et quand ils font l'amour, ses «fers» tintent à la cadence de leurs coïts. Le souvenir de ce cliquetis réapparaît le jour où elle apprend que Max vient d'être arrêté. Un sentiment double : la délivrance (elle déchire ce qu'elle était en train d'écrire sur la révolution libyenne…) et la lâcheté de regretter le confort que son engagement lui offrait, celui d'être dans le camp du Bien et de disposer, en supplément charnel, d'un

185

homme qui lui a appris le plaisir masochiste de se sentir «une grosse Blanche» supportant tout de la part d'un ancien colonisé...

Les paroles de Gaia finissent par former un long chuchotement de vérités, trop pénibles pour être dites à voix haute. «C'était donc... moi, répète-t-elle après un silence. Enfermée dans ce monde, jusqu'au moindre geste...»

Elle a exprimé le but de la métapraxie: nous offrir le concentré de ce que nous sommes et la possibilité de migrer dans n'importe quel autre destin. Le bilan est à la fois exaltant et effrayant: quelle que soit la multiplicité de ce vécu condensé, l'homme ne quitte jamais les limites du jeu biologique et social où il naît, se bat, jouit, souffre et meurt.

Je cherche à alléger ce constat: «Au début, Gaia, on choisit toujours un angle de vue trop large, on cherche à s'identifier à l'humanité entière. Et l'on en sort groggy!»

Elle acquiesce: «J'étais capable d'adopter mille identités. Mais... Il y a un soir, une heure à peine, que je n'ai pas réussi à sauver au milieu de cette frénésie...»

Palpant machinalement son visage, comme si la séance métapratique l'avait transfiguré, elle demande:

«Pensez-vous que je pourrais réessayer? Demain?»

Du temps des diggers, la question du «dernier franchissement», comme ils disaient, s'est souvent posée. La métapraxie pouvait modéliser la totalité de l'existence humaine. Certains pratiquants exploraient les souterrains de leur psychisme. D'autres observaient la typologie sociale, mimant un tyran, une star, un saint, un génie des arts. D'autres encore, les plus sensibles aux blessures de leur passé, en rejouaient les moments douloureux, profitant des bienfaits cathartiques de l'exercice.

Mes expériences m'ont frappé par l'intensité de l'illusion : ce n'était pas le duplicata d'un souvenir mais son vertigineux approfondissement, non pas la réalisation d'un désir mais la limite de ce qui pouvait être désiré et obtenu, charnellement ou intellectuellement. Cependant, après trois ou quatre séances, je me suis senti attiré par l'idée de pouvoir dépasser cette multiplicité…

Durant ces quelques années vécues chez les diggers, je n'ai pas connu un seul cas d'addiction. La métapraxie avait pour nous une « utilité préparatoire » : englober toutes les possibilités et nous laisser devant le « dernier franchissement ».

Je l'explique à Gaia, conscient qu'un nouvel essai pourrait la meurtrir. La première séquence lui a fait revivre son passé où les liens cachés devenaient hypersensibles – des nerfs mis à nu. Le plaisir simulé a frôlé une violence de syncope. La comédie sociale l'a entraînée dans une effervescence psychique frisant la démence. Pourtant, même à son maximum, cette vie amplifiée n'a jamais pu recréer ce qui échappait à la mascarade humaine.

Le soir, je reparle des diggers, préférant devancer la déception que Gaia pourrait ressentir tout à l'heure. « C'était l'un de leurs grands débats : la copie métapratique de chaque personne est facile à créer, alors qu'un seul instant, souvent insignifiant pour notre existence pratique, échappe à la modélisation… »

Cette fois, je n'oublie pas de lui donner le « bip » d'interrupteur au cas où la séquence dépasse le seuil de ce qu'elle pourrait supporter. Il y a, dans ses gestes, la résignation d'un enfant souffrant – elle s'allonge sagement dans la chaise longue, redresse sa tête pour que je lui mette le casque…

Aucun mouvement ne trahit ce qu'elle ressent quand, d'après l'écran qui me renseigne, l'activation cérébrale s'intensifie. La voir plongée dans une forme d'inexistence me fait éprouver un afflux de tendresse. Ce corps, d'une plénitude épanouie, repose dans la position d'une morte. Les hanches tendent le tissu d'une robe de laine, l'arrondi des seins expose une volupté figée de statue... Un rapide canevas me revient : une jeune fille qui rêve d'amour et d'exotisme, une étudiante qui voit en un gugusse somalien un héros de la négritude, une épouse qui se complaît dans le culte de la maternité, une quadra qui simule les engagements auxquels elle ne croit plus, une femme à l'approche de la cinquantaine qui se rabat sur une relation « génitale » avec un homme qui a l'avantage d'être idéologiquement conforme et sexuellement efficient... Une vie fausse, se dit-elle sans oser y changer grand-chose. La mort de son fils lui offre l'occasion de tout changer ! En se tuant...

Un reflet de clarté effleure son visage. Les yeux fermés semblent animés d'un regard si pénétrant que, malgré moi, je jette un coup d'œil dans la même direction – vers le fond de la pièce. Cette Gaia-là est troublante, un être sans défense, transporté dans une dimension avec laquelle les liens peuvent se rompre à tout moment. J'ai envie d'étreindre ses épaules, de la retenir au seuil de ce non-retour.

Sur l'écran de l'ordinateur, les pulsions de son rythme cardiaque ralentissent. Anxieux, j'agis comme on ne l'a certainement jamais fait vis-à-vis d'un pratiquant – pressant mon oreille à sa poitrine : les battements correspondent au graphe bleuté sur l'écran... La laine de sa robe répand une senteur ténue, un parfum que je reconnais – celui qu'a laissé échapper l'enveloppe contenant le manuscrit du *Grand Déplacement*...

L'éloignement grandit et me laisse imaginer la noirceur d'un vide cosmique et cette présence humaine qui s'y perd et que je devrais relier par un geste ou une parole... La luminosité imprégnant ses traits la rend non pas plus jeune ou plus belle mais simplement autre, distante du tracé de sa vie.

Soudain, cette clarté pâlit, le visage redevient un masque marqué par l'amertume, le dégoût, puis l'indifférence. L'unique écho de sa brève incarnation est cet éclat de larmes entre ses cils. Elle ouvre les yeux et me regarde d'un air résigné.

« Ne vous levez pas, Gaia, prenez le temps de revenir dans notre bas monde... » Je feins la légèreté, la débarrasse de son casque... Occupé à manipuler l'appareillage auquel est connecté l'ordinateur, je ne remarque pas qu'elle m'a désobéi – je la vois près de ce mur mal éclairé que fixait, pendant la séquence, le regard de ses yeux clos. Avec ébahissement, je découvre qu'une porte y est dissimulée par un rideau.

« Gaia ! Attendez... » Je crains que sa faiblesse ne la fasse trébucher. Mais déjà, elle tourne la clef plantée dans la serrure...

Nous sortons dans la nuit – une courette, des murs orbes pour la plupart, des immeubles sombres – je distingue l'arrière d'un bâtiment appartenant à la paroisse de Saint-Vincent de Paul. Le silence de ce recoin enserré de pierre est décanté sur fond de la rumeur qui vient de la ville, du boulevard de Magenta. Nous nous tenons l'un face à l'autre, esquissant une étreinte involontaire, nous voyant à peine dans l'obscurité. Avant que nos yeux ne distinguent le gris brouillé du ciel, nous devinons qu'il neige – des flocons lents, en touches de pinceau, redessinent nos visages…

En retournant près de la cheminée, nous comprenons que les bruits et les cris qui soudain se renforcent dans la rue de Belsunce marquent la nuit de l'An. Nous n'y pensions plus.

VI.

Le voyage à Mo i Rana

Le lendemain, Gaia repart pour Bruxelles, me laissant l'écho du souvenir qu'elle a tenté de recréer grâce à la métapraxie: la demeure familiale mise en vente et où elle retourna, avec son fils, pour récupérer un tableau. Dans une intuition partagée, la maison leur apparut emplie d'un passé où ils continuaient à vivre…

Elle m'en parlera, au matin du départ: «Vous disiez qu'on ne pouvait pas traduire cette intuition en langage de la métapraxie. Et dans nos langues humaines? Encore moins! "Un souvenir touchant", "le paradis perdu de l'enfance", nous n'avons que ces banalités-là pour l'exprimer. Cette soirée d'automne, avec Vivien, il faudrait la dire dans une langue qui n'existe pas.»

Je vais la voir à Bruxelles, une semaine plus tard, et la rapidité de ce qu'est désormais ce voyage me fait penser à la vitesse avec laquelle les pratiquants de la métapraxie parvenaient à la certitude d'avoir tout vécu, sauf l'essentiel. Déçus, ils s'en prenaient au principe même de cette technique – son irréalité.

Gaia formule le même reproche : « On enlève son casque et le monde réel est là, inchangé ! »

Nous sommes assis au rez-de-chaussée d'un petit hôtel particulier, semblable à ceux, mitoyens, qui composent cette rue.

Connaissant la sensibilité à vif des pratiquants, je réplique avec douceur : « Le monde réel ? Comme cette pancarte ?

— Oui, rien de plus réel ! Il me faudra bientôt décamper… »

Sur la façade, la pancarte « à vendre » marque une étape dans l'histoire des Lynden : dégradation de leur « statut social », tarissement des fortunes… Une quinzaine d'années auparavant, ils ont vendu le domaine familial et, à présent, c'est le tour de cette maison. Gaia y est hébergée par sa tante Maud, une veuve qui a décidé de « se rapprocher de ses enfants ».

Cette partie de la ville est marquée par la « diversité », diraient les adeptes du métissage. « Par l'immigration africaine », rétorqueraient leurs opposants. La tante tient des propos teintés d'ironie : « Si mon cher époux m'avait dit que nous vivrions, un jour, entre une boucherie halal et une salle de prière salafiste, je l'aurais amené voir un psychiatre. »

Gaia constate, simplement : « C'est le nombre qui définit la rapidité de l'évolution – les immigrés sont d'abord un groupe, puis une communauté et, enfin, un peuple. Et les deux peuples peuvent rester en paix mais aussi se déclarer une guerre...

— C'est pour conjurer ce danger, qu'on débite les mantras sur le paradisiaque "vivre-ensemble". Ce qui n'empêche pas un type d'attaquer une école, à Toulouse, et de se mettre à tuer des enfants. Un monde si "réel", n'est-ce pas?

— C'était un fait divers à part!

— Vous rappelez-vous cet autre "fait divers", Gaia? Ce jeune garçon, cet Halimi qui a été kidnappé, torturé, assassiné? Quand le projet de rançon a capoté, le meneur a fui en Côte d'Ivoire. Savez-vous ce qu'il a fait en arrivant?

— Il a dû se cacher, non?

— Il a passé la nuit chez une prostituée. Pendant que Halimi était en train de mourir. Les arguments n'ont pas manqué: misère des banlieues, désespérance, désocialisation...

— Mais comment faire si aucune argumentation n'est valable?

— Dire juste cela: brûlé à l'acide (ses tortionnaires voulaient enlever la trace de leurs ADN) puis arrosé d'essence et incendié, un être humain meurt – pendant que son tueur se débat entre les cuisses d'une prostituée...»

L'image frappe Gaia plus que je ne pouvais prévoir. Elle secoue la tête comme pour la chasser. Dehors, on voit des hommes qui se dirigent vers la salle de prière. Je parle à mi-voix, pour ne pas brusquer cette femme qui sent le réel se dérober.

« Imaginez : le mari de Maud ressuscite et voit ces silhouettes glisser dans la rue. "Ceci n'est pas Bruxelles", dirait-il avec un clin d'œil pour Magritte.

— Donc, aucune interprétation n'est plus possible !

— Mais si ! On ne fait que ça : des hologrammes idéologiques. Comme dans votre travail humanitaire : accueil d'immigrés, métissage, protection des minorités… Cela paraissait si juste. Si réel ! Puis, ces chimères se sont dissipées, laissant un condensé irréductible : un jeune homme qui agonise, brûlé, au moment où son tueur éjacule en râlant de plaisir. »

Nous dînons « à la frontière » – non pas pour fuir le quartier où habite Gaia mais pour choisir, deux rues plus loin, un bistro dont la clientèle n'est pas exclusivement masculine. Le « Moules-frites » calligraphié sur la vitre semble d'un exotisme savoureux… Gaia me dit qu'elle finira par se familiariser avec l'idée du monde-hologramme. Cette ville connue et méconnaissable, sa nouvelle population, « une catastrophe civilisationnelle » pour les uns, « l'apparition de l'homme post-national », pour les autres.

Avant d'aller prendre mon train, j'accompagne Gaia jusqu'à chez elle. En face, un café ouvert – des habitués regardent la télévision, d'autres discutent à l'entrée. Uniquement des hommes.

Nous nous embrassons, gênés de pouvoir blesser on ne sait quelle susceptibilité confessionnelle. Je murmure à l'oreille de Gaia : « Je crois que, vu mon âge, ce n'est plus trop "haram"... » M'éloignant de quelques pas, je me retourne – au rez-de-chaussée de sa maison, une fenêtre s'allume et me fait deviner une présence intensément proche. Et très éloignée de notre « monde réel ».

À Paris, je trouve sur le répondeur un message d'Osmonde, le premier depuis son départ. La voix est essoufflée : « J'ai grimpé pour avoir le réseau… Vous entendez le torrent ? Ici, en Colchide, c'est la pleine lune, ce soir… Quand je pense à tous les peuples qui ont traversé cette contrée : les Grecs, les Romains, les Byzantins… »

On sent chez lui l'exaltation de cette histoire enfouie – des flots humains, une sarabande d'empires disparus… La fin du message se brouille, mais j'ai capté l'essentiel : dans les archives locales, il a mis la main sur un manuscrit de Godbarsky…

En parlant avec Lynden, Osmonde aimait évoquer ces flux et reflux humains qui stupéfient les contemporains et qui, les siècles passant, se fondent dans le manège répétitif de l'Histoire. « Bon, les Arabes ont conquis l'Espagne. Mais les Vandales y avaient déjà guerroyé. D'ailleurs, la civilisation mozarabe, Cordoue, Grenade, l'Alhambra, c'est sublime ! » Vivien objectait : une conquête à l'ancienne n'avait rien à voir avec «la trahison des élites qui font déferler sur l'Europe des hordes ethniques».

Sur la clef USB, j'ai retrouvé ces discussions où Osmonde demandait à Vivien : «Savez-vous ce qui manque à votre théorie, Lynden ? La vie ! Ceux qui "déferlent sur l'Europe" veulent juste vivre. Étreindre une femme fessue et mamelue, se reproduire abondamment, ripailler avec une tribu de coreligionnaires. Vos camarades vomissent cette façon d'être, mais mettez-vous à la place d'un "Barbare". En venant en Europe, il découvre une civilisation où les hommes peuvent s'épouser à la mairie, bientôt sans doute à l'église. Où l'on proclame "œuvre d'art" un énorme plug anal en plastique. Pensez au désarroi d'un "Barbare" qui voit un Européen acheter à son chien la nourriture que la moitié des enfants du monde dévorerait pour ne pas mourir de faim ! Un sacré choc culturel, non ?»

Vivien rétorquait : ce choc était dû à la politique du métissage imposé ! Osmonde semblait lui donner raison : «Oui… Ces mélangeurs pensent que, métissée, l'humanité vivra en paix. Or, les guerres civiles sont les plus féroces. D'ailleurs, le fin mot de l'histoire n'est pas là. Bon, allez, demain le métissage planétaire réussit. Quel sera le sort de ce radieux *Homo mixtus* ? Je le vois d'ici : une petite voiture, une petite femme (ou homme) végane dans son lit (en compagnie d'un petit chien),

201

deux rejetons, les oreilles bouchées par les écouteurs, des vacances sur une plage infestée d'algues vertes, journal télévisé – élections bonnet blanc blanc bonnet, exposition d'art contemporain, dose quotidienne d'antiracisme, championnat de foot, petites scènes de ménage, divorce, déprimes, velléités intellectuelles, c'est-à-dire romans et films sur cette vie, un peu enjolivée... L'*Homo mixtus* vaincra, mais sur une planète moribonde. Le bon vieux Lévi-Strauss l'a compris : "Je suis né dans un monde d'un milliard et demi d'habitants. Et je le quitte à l'heure où il en compte six." Vous êtes jeune, Lynden, vous aurez l'amer privilège d'assister à la victoire des métisseurs. »

C'est ainsi que, peu à peu, Vivien allait se libérer de ces « ronchonneries hussardesques », comme il disait.

À la fin du mois, je vais à Bruxelles pour aider Gaia à préparer son déménagement. Les notes de la clef USB sont imprimées, j'emporte une trentaine de pages dans un classeur.

Curieusement, dans son salon, je vois des classeurs semblables : avant mon arrivée, elle les brûlait dans la cheminée.

« Je suis en train de supprimer mes "hologrammes idéologiques", me dit-elle. Aidez-moi, pendant que je nous fais un thé. Tout cela est aussi actuel que ce billet en francs belges – je viens de le dénicher dans la paperasse…» Elle pose la coupure sur le marbre de la cheminée, s'en va dans la cuisine.

Je reprends ce travail d'incinération, au ralenti : on a envie de laisser la chance d'un regard aux vérités censurées… Là, ces quatre clichés qui illustrent «l'imposture du 11 septembre». Une speakerine américaine annonce la chute de la troisième tour. Or, à cette heure-là, son explosion ne s'est pas encore produite… Une liasse de documents révèle les dessous des «printemps arabes». Sur une photocopie, Roland Dumas ressemble à un vieux corsaire sympathique : ces «printemps» et ces guerres, explique-t-il, ont été programmés par Londres depuis 2006…

Les dossiers correspondent à l'époque où Gaia espérait déciller le peuple abusé. Elle a vite découvert que le peuple s'en fichait et que les gardes-chiourmes médiatiques disposaient d'une arme de disqualification massive : le pilori du complotisme.

Un dessin qui fait penser à un arbre généalogique – des photos de ceux qui ont partagé le magot offert par Kadhafi aux politiciens français. Un autre schéma : le procédé élaboré par les Américains pour ruiner des entreprises à l'étranger. La justice américaine accuse de corruption un groupe industriel ou une banque, fait planer la menace d'un blocus économique, propose un deal à plusieurs milliards de dollars, lance un ultimatum, rafle la mise…

Gaia apporte la théière et m'encourage à aller plus vite : «Laissez, il y a déjà eu un tas de livres qui traitent ces sujets. Nous étions fiers de "lancer des alertes" mais, dans la foulée, dix sites mettaient en ligne les mêmes données !»

Elle rapproche une chaise et nous recommençons à brûler ces pages qui retrouvent, dans les flammes, leur incandescence d'anciens brûlots. Des milliers d'heures de travail (de vie !) pour ces journalistes kamikazes, actes objectivement héroïques suivis de licenciements, de procès…

Gaia jette le dernier paquet de pages et reste immobile, le regard envoûté par ces feuilles qui se gondolent dans le feu. Je pense au classeur contenant la copie des discussions que menaient Vivien et Osmonde. Le moment est peut-être propice pour le lui montrer ? Comme si elle devinait ce que j'ai apporté dans mon sac, elle se met soudain à parler :

«Ces dernières années, Vivien s'est rapproché de moi, nous avons même fêté mes cinquante ans ensemble. J'avais l'impression que, désormais, il devançait ce que j'écrivais sur notre "monde réel". L'humanité, réduite à sa Première et Deuxième naissance, disait-il, ne pouvait être que ce "magma en rut et en lutte" à peine dissimulé par l'hypocrisie morale. Et l'avenir proche, un glissement vers l'une des apocalypses – au choix ou toutes d'un coup – atomique, écologique, démographique, techno-logique. Pourtant, il ne paraissait pas désespéré. Je pense que... en rencontrant Johanna, il a cru pouvoir lui apprendre la pensée des diggers... Et surtout lui dire que toutes ces disputes idéologiques, *pro et contra*, étaient un jeu inutile qui nous éloignait de l'Alternaissance. »

Le jour du déménagement, la camionnette que Gaia a louée se trouve à moitié vide. «J'ai vu trop grand, je me croyais une riche possédante, plaisante-t-elle. En fait, on m'a promis un logement plus ou moins meublé. C'est l'avantage des clans comme le nôtre – même fauché, on ne reste jamais sans toit…»

Nous quittons Bruxelles tôt le matin et roulons à travers la Flandre occidentale. Snaaskerke, Zevenkote, Moere… Dans l'obscurité, ces noms répondent par leur étrangeté à cette vie inconnue où il faudra tout recréer. À un carrefour, Gaia hésite, puis faisant demi-tour, avoue: «Je pense que nous nous sommes égarés. Ça fait quinze ans que je ne suis pas revenue dans ce patelin…» Nous avançons lentement – pour ne pas manquer «le tournant vers Oudenburg», ce nom résonne comme celui d'une cité fantôme… S'arrêtant au milieu des canaux à peine distincts de la grisaille des champs, Gaia murmure: «Là, je suis vraiment perdue!»

Nous repartons, longeons une écluse et, dans le brouillard, je vois s'esquisser une tourelle qui fait penser à un décor médiéval. L'un des châteaux, m'explique Gaia, bâti au début du siècle passé, par un riche entrepreneur flamand. Ce repère l'aide à s'orienter...

Dans une rue endormie, elle se gare face à une maison qui, sur fond de brume, surgit au milieu du vide. Sans qu'elle ait eu le temps de sonner, un vieillard apparaît, comme s'il nous attendait depuis toujours. Il ne dit rien, transmet à Gaia un trousseau de clefs, se retire. « C'est le frère ennemi de Maud, me dit-elle. La dernière fois, nous nous sommes vus quand j'avais huit ans... » Confondu par nos errances, j'imagine une fillette en compagnie d'un très vieil homme... Mais non, il était jeune à l'époque ! Un abîme m'éblouit : une Gaia enfant et, au volant, cette femme de cinquante-deux ans, à la chevelure argentée.

Nous contournons un bois, puis l'étendue d'un golf avec ses petites calvities de sable. Une allée part vers une imposante bâtisse de deux étages. « Ils en ont fait un hôtel, murmure Gaia. Un touriste japonais dort peut-être dans ma chambre. »

La voilà donc, la demeure familiale des Lynden... Enfin l'une des demeures, celle où Gaia était venue avec son fils pour récupérer un tableau. En repartant, ils se sont retournés et ont éprouvé le bref vertige d'un passé plus vivant que le présent.

Un bois de hêtres, le reflet d'un étang... Une autre allée, exiguë et envahie de tiges mortes, s'enfonce entre deux haies d'épiniers et débouche sur une bande de gazon qui manque d'entretien.

Un pavillon y est blotti contre les arbres nus. On dirait une serre abandonnée – le haut des murs est vitré. Nous descendons et, perplexes, observons les environs, en espérant découvrir une habitation plus convaincante. Gaia m'explique, visiblement gênée : « C'est la gloriette où avait vécu un oncle, Roeland. Un poète, pas vraiment connu... »

Elle hésite un moment, comme s'il était encore possible de rebrousser chemin, puis va ouvrir la porte. Et recule d'un pas.

L'entrée croule sous l'entassement de meubles, de lustres enchevêtrés, de piles de vaisselle, de tableaux, de pyramides de livres, de vieux manteaux. Dans un coin, s'emmêlent des animaux empaillés – je vois le rostre d'un narval... Gaia tente une justification : « Ce sont ses trophées. Il a vécu en Norvège. »

Nous attaquons le capharnaüm – les meubles sont entreposés sur le gazon, les tableaux, alignés contre le mur, les bêtes étalées, comme au retour d'une partie de chasse. Le tri se fait, entre ce qui doit être gardé, jeté ou cédé à un brocanteur. La famille avait transporté ici tout ce qui pouvait compromettre la vente de la grande maison – surtout ce bestiaire mité ! Je découvre l'écriteau portant le nom du logis : *Mo i Rana*. Un écho norvégien ?

Vers midi, grisés par la fatigue et le grand air, nous mettons dehors les derniers vestiges de tant de vies erratiques. Plusieurs albums de photos, un chevalet, un vieux tourne-disque, le buste d'une inconnue, un lourd ordinateur qui semble même plus archaïque que ces deux chandeliers de bronze…

Le soleil donne à cet étalage une réalité très vive, accentuant la présence de chaque objet – le lien fugace entre ce plat ébréché et un vieux chapeau de paille.

«Je voudrais souffler une minute», dit Gaia, s'asseyant sur une méridienne au velours rouge usé. Elle sort un thermos et nous buvons un café, échangeant des regards incrédules : un éblouissement solaire mat, ce vent à l'amertume marine, nous deux sous le ciel haut d'une journée douce de janvier, au milieu de ces touchantes épaves…

Gaia s'allonge, tirant sur elle une pelisse à la fourrure dégarnie, ferme les yeux, inspire profondément. Je me cale dans un fauteuil et, comme elle, me couvre d'un manteau trouvé dans le chaos vestimentaire de Mo i Rana. Le silence est accentué par le froissement du vent dans les branches nues et ce fond de rumeur que laisse vibrer sourdement un avion. Le soleil pèse sur mes paupières, fait onduler des demi-songes – mais ce qui nous entoure est aussi à la frontière d'un rêve. Sur un carré d'herbes foulées, cette méridienne où dort une femme dont je connais désormais la vie, un être qui a aimé, lutté, souffert, cherché des vérités compliquées et verbeuses. Et qui, maintenant, approche une vérité si simple – cet instant de lumière où elle ne reconnaît plus celle qu'elle pensait être.

À côté de mon fauteuil, un gros volume est entreposé, un livre en anglais, chronique du vingtième siècle. Sur la couverture, une mosaïque de photos – guerres, barbelés des camps, famines, célébrités assassinées, champignon atomique, sourire de Gagarine, drapeau étoilé sur la lune. Et de nouveau, foules d'enfants faméliques, tueries de masse, conférence de paix… Je retourne le volume – deux tours new-yorkaises en fumée.

Une pensée me frappe : la femme qui somnole sous une vieille pelisse est présente, anonyme, dans la chronique de ce vingtième siècle, sur la page consacrée aux humanitaires. Une ombre de ma jeunesse y est aussi, sur une autre page : un soldat envoyé en Afghanistan, pour redresser ce monde injuste – je croyais alors à ce récit. Un monde qui exterminait, affamait, festoyait, s'empoisonnait, dévorait la planète et, surtout, interdisait qu'on mette en doute le bien-fondé de sa course folle.

Je comprends soudain que tout au long de ce siècle de sang, une présence effacée veillait dans un recoin flamand à peine marqué sur les cartes. Depuis plus de cent ans, Mo i Rana donnait refuge aux destins démâtés, comme ce Roeland, le poète revenant de Norvège avec, dans son sac, un crâne de narval. Autour, des colonnes de blindés écrasaient les vivants et les morts, les bombes rasaient les cathédrales, des charpentiers échafaudaient des miradors et une foule de penseurs glosaient sur la logique de ces massacres. Puis, on déblayait les ruines et, dans les quartiers rebâtis, la vie reprenait, les autoroutes incisaient les champs, les usines crachaient une fumée cancérigène et les hommes vivaient comme avant, juste plus nombreux et, désormais, soucieux d'obtenir une nouvelle application sur leur portable...

Le vent parcourt les rameaux de la haie – de petites feuilles rondes et dorées s'envolent, ponctuent les meubles posés dans l'herbe et la fourrure de la pelisse qui protège Gaia. Cet instant de lumière dit l'essentiel : un soleil d'hiver, un ciel aux légers nuages hauts, la brume irisée des champs et cette femme endormie, si inconnue, si proche. Les débris du passé, éparpillés dans l'herbe, approfondissent le temps d'une enfilade d'existences devinées.

Gaia se relève, me sourit et, comme si quelqu'un pouvait nous entendre, murmure : «Ici, on est vraiment loin de tout...»

Ces heures ensoleillées, devant Mo i Rana, marquent le début de ce que les diggers appelaient «le franchissement».

La sensation de vivre à la frontière s'installe en nous – parfois vertigineuse d'intensité.

Un matin, à Paris, je rejoins Gaia dans un café, derrière le cimetière de Montparnasse – elle vient de rendre une traduction à son éditeur. Sur le trottoir, un couple embarque un attirail de vacances d'hiver. Un mari, grand, brun et sa femme toute menue – une minceur qui la rapproche de leur fille, douze-treize ans, recroquevillée sur la banquette arrière, le nez bleui par un écran. Un garçon, plus jeune, réclame sur un ton geignard « son » sac. D'une patience inusable, le père le prie d'attendre un peu. L'épouse installe le petit dernier sur un siège en plastique. Elle ne cesse d'adresser au mari de rapides blâmes : la façon de disposer les bagages, le retard que prend leur départ... Il argumente, placide, lançant des sourires qui n'ont pas d'effet sur cette petite moue à la fois autoritaire et dépitée... Oui, une ado qui ne s'est jamais épanouie en femme. Un pantalon moule des jambes grêles, une veste courte, d'une coupe juvénile, serre un thorax sans relief.

J'essaie de deviner la « récompense » qui pousse le mari à supporter ce qu'il va vivre : leur voyage, les piques de l'épouse-ado, la chamaillerie des enfants, la fatigue, les bouchons. Une semaine à cogner de leurs godillots de ski l'asphalte sous une neige piétinée. Une file d'attente pour le téléphérique, la lenteur des cabines bondées et, le soir, les vagissements du petit et la mauvaise humeur de cette femme maigre qu'il s'efforcera de désirer... Sa situation est, à la fois, ordinaire et démente : quelle motivation le contraint à continuer ? L'amour pour ses enfants ? La fierté de leur offrir ce qui est valorisé par la société ?

Les portes claquent, la voiture manœuvre avec douceur, en accord avec le caractère de l'homme – prudent à cause des enfants à bord, respectueux de ce cycliste qui slalome devant lui... Je tente d'expliquer ma perplexité à Gaia.

« Chaque fois que je vois un Français pareil, je suis saisi d'admiration. Non, je parle sérieusement. Ce type masculin, assez répandu d'ailleurs, me semble héroïque. Oui, un héros stoïcien ! Et qui a la courtoisie de ne pas avouer ses doutes... »

Connaissant mieux ces réalités, elle esquisse le portrait de l'homme. Des études qui lui ont pris sa jeunesse (médecine ? business ? droit ?). Sa carrière, cette longue guerre d'usure. Voyages d'affaires – chambres d'hôtel se confondant dans un même cube à sommeil. Stress vertical, face aux supérieurs, et horizontal – face aux collègues en embuscade. Le cauchemar greffé à son diaphragme : l'un des enfants est renversé par un motard ou poignardé par la racaille. Malgré sa vie de forçat, éviteront-ils le déclassement ? Il a des techniques pour désamorcer le burn-out, déstocker la déprime, « positiver ». Devant un miroir, il flanche – la perte des cheveux, il s'y est résigné, mais pas à cet œil de bête traquée s'ingéniant à sourire... L'autosuggestion se déclenche : tout va bien, boulot, famille, vacances. Et son épouse. Et leur... amour. Une main sur le volant, il pose l'autre sur le genou pointu de sa femme. Presque avec conviction. Oui, c'est un héros.

Pendant que nous imaginons cette vie, la voiture revient ! L'homme descend, court vers son immeuble, pianote le code et, une minute après, réapparaît, une doudoune d'enfant sous le bras. Avant de se glisser au volant, il s'immobilise pour ne pas être fauché par la circulation. Et c'est alors qu'il nous voit. Nous partageons son bref regard qui dit : oui, je sais, vous m'avez compris... Il reprend sa place, démarre.

Ce « résistant à l'absurde » est le personnage clef de la modernité : à la mi-hauteur de l'échelle sociale, entre les éboueurs agrippés à leur benne et l'élite planant sur ses strato-cumulus. Sans son endurance stoïque, le monde s'écroulerait – les maris quitteraient leurs épouses-ados et partiraient vers les pays du Sud, vers des corps généreux et hâlés, loin de ce quatre-quatre rempli d'instruments de torture pour «le royaume de la glisse». Or, ils assument, sourient, vieillissent. La fréquence des suicides, dans la classe moyenne, relativement nantie, est assez logique : des années passées à obtenir des tonnes de diplômes, une tension inhumaine au travail, la peur d'une obsolescence professionnelle programmée et, en compensation – cette voiture, pareille à un corbillard, et cette femme-ado à la voix glaçante : «Tu as encore oublié la doudoune de Léo...»

Il y a une autre raison qui fait dérailler un bon père de famille. À moins d'être d'un cynisme intégral, il sait que son existence, ce joli bagne prédisposant au suicide, est un immense privilège face aux milliards d'affamés. Au moment où ses enfants sont traînés, crochet aux fesses, vers les neiges immaculées des pistes, d'autres enfants, à quelques heures d'avion, sont démembrés par les bombes. Il sait que son séjour de ski est une façon de légitimer ce monde-là, cette synchronie de guerres et de fêtes, de famines et de populations d'obèses. Et, plus désespérant encore : ces milliards de pauvres, une fois repêchés de la misère, se transforment en prédateurs, pressés de rejoindre la «civilisation» – celle qui fabrique un homme capable de consacrer sa vie à «la commercialisation des dérivés financiers et la titrisation des actifs». Capable même de faire l'amour à une femme qu'il ne désire plus...

Nous quittons le café et longeons le mur du cimetière. Sous la bruine de février, l'allée est vide : l'un de ces endroits où s'esquisse un Paris difficile à dater, confusément provincial. La seule présence est cette passante – une femme âgée, vêtue d'un long manteau, trop large pour son corps, chaussée de souliers trop légers pour l'hiver – l'élégance soignée des désargentées. Des yeux gris, calmes, en harmonie avec cet instant créé par la brume, l'air éteint, les arbres noircis par la pluie…

« Il devrait venir ici, notre "héros". » Gaia le murmure sans vraiment s'adresser à moi. L'une des idées chères aux diggers : un homme rompt avec lui-même et ose le « franchissement ». Ce mari que nous avons vu tout à l'heure arrêterait sa voiture, descendrait, et sans rien expliquer à son épouse, s'en irait, venant dans cette allée qui n'appartient à aucune ville, à aucun temps.

Gaia choisit un ton fataliste pour dissimuler une vibration d'espoir : « Peu probable qu'un individu ose cette rupture. Et la société tout entière ? Impensable ! »

Je lui raconte que les diggers donnaient au franchissement un sens universel : « L'humanité interrompt sa course vers l'autodestruction et se donne la liberté d'une rupture. » Ce qu'ils ont réussi dans leurs fondations à travers le monde.

Les gens qui les rejoignaient, je me le dis maintenant, avaient un air de parenté avec notre « héros ».

Dans la maison de Mo i Rana, le grand poêle en faïence parvient à chauffer la pièce centrale et même les chambres sous les combles où j'ai consolidé, comme j'ai pu, la partie vitrée – ces rectangles rouges et jaunes. Par les rares journées de soleil, ils colorent les murs de lentes projections venant des heures d'autrefois, endormies dans l'épaisseur du verre.

Parfois, le samedi, quand le vent souffle du côté de la hêtraie, «du côté de chez Lynden», disons-nous en souriant, le bruit de klaxons arrive jusqu'ici. Il s'agit d'un mariage, dans la demeure familiale transformée en «hôtel de charme, aux prestations de luxe». La vie se poursuit – l'imperturbable mécanisme du «monde réel». Mais, après tout, les romans que Gaia traduit offrent aussi des «prestations de luxe»: amours, crimes, psychés en tourmente, virtuosités névrotiques…

Son fils Vivien venait à Mo i Rana pour écouter un grand-oncle, Roeland, qui l'enchantait avec ses récits de voyage. Jadis, cela aurait pu forger une vie d'aventurier à la Pierre Loti. Vivien, né dans la dernière décennie du vingtième siècle, n'a pas eu cette chance. Un jour, il a vu deux hommes, dont son père, s'embrasser sur la bouche. Et les rêves de circumnavigation se sont résumés aux escapades humanitaires de sa mère. L'unique aventure – son évasion à moto – l'a rendu infirme, gravant dans sa tête cette hantise à désigner le coupable de ce monde déformé.

La raison de la déformation semblait claire : le déclin de la race blanche, la complaisance envers les Barbares censés régénérer les peuples abouliques, la crétinisation de la plèbe par la télé, la trahison de l'élite putassière, l'inversion du beau et du laid, du vrai et du faux, du bien et du mal – « du mâle et du mâle », disait-il pour railler son père. Les coupables étaient démasqués : immigrationnistes, gauchistes, mondialistes...

Vivien représentait bien sa génération. Non pas la masse, mais cette minorité qui, se retrouvant hors-jeu, décryptait les jeux des autres. Un clochard cul-de-jatte comprend la nature humaine infiniment mieux que ne sauraient le faire les passants pressés.

La liste des coupables s'étoffait : capital apatride, lobbies, OTAN, EU, USAID, FMI, LGBT... Un jour, à la place de ces ennemis multiples, surgit l'ennemi unique – l'homme qui claironnait son rôle

de maître du monde : «Je fais le travail de Dieu»...
Ce personnage ignorait qu'un jeune Parisien
manifestait à son égard une détestation proche de
l'idolâtrie.

Lloyd Blankfein, directeur de la banque
Goldman Sachs, le grand horloger du mécanisme
planétaire dont les rouages brassent quotidienne-
ment un monstrueux magma d'argent, de pétrole,
de marchandises, de mensonges, de désirs inassouvis
et surtout de chiffres – ces combinaisons de chiffres
qui expriment désormais tout sur cette terre... La
clef USB de Vivien avait gardé plusieurs portraits
de Blankfein, sans doute ceux qui s'apparentaient
le plus aux caricatures antisémites : un nez d'oiseau
de proie, un regard où brille le désir diabolique de
posséder le monde...

J'y vois plutôt un physique quelconque, ce sourire excessivement étiré et des yeux où se devine
de la mélancolie plus qu'un plan de conquête
mondial.

La haine que les «hussards» vouaient à Blankfein
a fini par devenir une forme de gratitude – grâce
à lui tout devenait lisible : invasion migratoire, le
11 septembre et le 13 novembre, Clinton et Trump,
CIA et Mossad, le mariage gay, les médias aux
mains des oligarques, les résultats des élections en
France, paradis fiscaux et même... Chacun citait un
exemple qui révélait la satanique mainmise sur le
moindre de nos gestes.

C'est en parlant avec Osmonde que Vivien a dû concéder au directeur de Goldman Sachs une part d'humanité. La façon osmondienne de calculer notre longévité en nombre de jours a fait entrevoir chez Blankfein, sexagénaire, une faiblesse touchante : il lui restait quelques milliers de jours à vivre. Et d'ailleurs, quelle vie ? Vieillissement, maladies, dégoût de soi et des autres.

« Et s'il n'était pas né ? » a demandé Osmonde, entre deux bouffées de cigare. La réponse, sidérante, allait de soi : cela n'aurait rien changé ! Sans Blankfein, les hommes auraient continué leur sauvage équipée, en lançant des tueries, en écrasant les faibles, en décérébrant les foules, en violant la nature…

Vivien est resté coi : sa théorie s'effondrait ! Blankfein, le démiurge du Mal, se révélait mortel, remplaçable et fortuit face à la terrifiante broyeuse planétaire qui n'avait pas besoin de lui pour exterminer, surproduire, ramener le vivant à sa valeur marchande, monnayer les convictions, prostituer les idées.

« Je vous ai parlé de "joueurs ontologiques", a dit Osmonde, eh bien, Blankfein est le premier parmi eux, le meilleur ! Le plus pur. Car, contrairement à Onassis, Strauss-Kahn ou Madoff, c'est un ascète ! Et sa banque est un couvent : des employés qui travaillent dix-huit heures par jour, dorment peu, restent joignables même sous la douche, oui, des croyants qui communient dans la même adoration – non pas du Veau d'or, non! Vu le montant de leurs salaires, l'argent perd son intérêt de vulgaire accumulation. À ce niveau-là, le but est la perfection du jeu, l'esthétique suprême. Et donc la conscience de la suprême absurdité du monde… En cela, Blankfein n'a pas tort de se dire collaborateur de Dieu. Vieille idée judaïque. Sa tête tuméfiée de chiffres sait ce que vaut une civilisation où il suffit d'appuyer sur une touche d'ordinateur pour ruiner un pays, oui, juste une rapide manipulation digitale et la Création change de sens pour des millions d'humains. Certains offrent leur corps à la science, Blankfein, lui, a immolé sa vie pour que l'humanité puisse s'effrayer de ce qu'elle fait. Il n'est pas si éloigné du Christ! Vous devriez admirer son sacrifice – il a affronté ce cloaque planétaire, pendant que vous le maudissiez en oubliant le très évangélique "ne jugez pas…". Oui, vous devriez aimer Lloyd Blankfein!»

Les notes de Vivien ont transcrit les huées indignées des «hussards». La comparaison avec le Christ a valu à Osmonde d'être taxé de «judéophile sénile». À quoi il répondait avec sérénité: «D'accord, vous reprochez à ce banquier de se vautrer dans l'impure matérialité et d'y entraîner son prochain. Mais ce prochain n'est pas un agneau! C'est une bête qui ne demande qu'à copuler, bouffer et roter devant la télévision. Avez-vous déjà vu

221

des supporters de foot quitter un stade ? À côté, une meute d'hyènes a l'air d'une rare noblesse. Et puis, que proposez-vous à Blankfein ? Se convertir et attendre le paradis chrétien peuplé de castrats ? Ouvrir une galerie d'art – baudruches en polymères et kilomètres carrés de toiles diarrhéiques ? C'est ça la vie de l'esprit ? Ou encore lire le pavé d'un petit intello qui prétend vous apprendre la sagesse universelle ? Mais Blankfein en sait plus que n'importe quel philosophe ! Il a exploré, en apnée pour ne pas vomir, les abysses de la bestialité humaine. Vous le haïssez car vous ne savez pas lui expliquer le sens du "franchissement" ! »

Ce matin, je raconte à Gaia le contenu des notes de mon classeur – les dernières conversations de Vivien avec Osmonde. Et, dans l'après-midi, nous nous rendons à un cimetière proche d'Oudenburg. La dalle de la tombe porte un bout de phrase en latin et une étrange intaille représentant un chien. « Les amis de Vivien, explique Gaia, m'ont dit qu'il aimait cette citation… »

Un vers tronqué – tiré de… l'épitaphe d'un chien de chasse. « *Gallia me genuit…* », je naquis en Gaule. Le désir de s'attacher à une patrie fantasmée ? Ou bien une façon, pour Vivien, de se détacher de la filiation trahie par son père ? Un écheveau de blessures et d'orgueils… Et une certaine logique : un poète du Bas-Empire et les « hussards » qui pleuraient la décadence. Et la vie qui continue, indifférente aux épitaphes.

À l'église, la scène du suicide se laisse imaginer, humblement physique : un coup de pistolet, un corps dont la chute fait naître un soupir d'échos dans le métal de l'orgue...

En arrivant à Mo i Rana, nous restons un moment dehors, avec l'impression de rentrer d'un très long voyage et d'avoir besoin de reconnaître les lieux – l'expression fatiguée de la façade et ce reflet du couchant dans un carreau de la verrière. « Ce qui est important pour moi, murmure Gaia, c'est juste d'être là. Ces tiges mortes, vous voyez, à l'angle, sous la gouttière ? Elles me paraissent plus vivantes que tout ce que j'ai vécu avant... »

Notre vie ressemble, chaque jour, à un retour de voyage : le monde que nous avons eu à observer est derrière nous et ce qui reste, ce qui autrefois passait inaperçu, devient vital. Posée sur l'appui d'une fenêtre, cette carafe au col cassé – sans la fêlure, le verre ne lancerait pas au plafond son fugace arc-en-ciel, vers quatre heures de l'après-midi. Une poupée déteinte est assise sur les manuscrits que Gaia traduit – c'est celle que sa mère Ingrid lui avait transmise dans un vieux carton entouré de ruban... Il y a aussi cette matinée de givre, les traces des pas que je vois par la fenêtre de la chambre : Gaia était sortie mettre des grains aux oiseaux. Jamais, je n'ai éprouvé avec une telle intensité la présence d'une femme dans un lieu qu'elle vient de quitter.

Un soir, nous rentrons à pied, coupant par la forêt figée dans son immobilité hivernale. Le sentier passe derrière l'ancienne maison des Lynden... Peu de fenêtres éclairées – en cette saison, «l'hôtel de charme» redevient une vieille demeure au milieu du silence des grands arbres, au seuil d'une existence en attente...

Sous nos pas, les feuilles mortes saisies par le gel émettent un chuchotis sonore, un effluve amer d'humus. À l'entrée de l'étroite allée qui mène à Mo i Rana, la senteur du feu de bois se mêle à l'obscurité. Gaia s'appuie sur un tronc, ferme les yeux. Je l'entends chuchoter : «La vie pourrait être cela...»

Elle parle souvent des diggers, fascinée par la limpidité de leur vision : les vingt ou les trente mille jours que l'homme passe à convertir sa Première naissance (sa biologie) en la Deuxième (son rôle social), le sexe – le ferment de ses actes, l'argent – moyen compulsif de contrer l'angoisse, rares échappées de l'esprit (art, foi) vite récupérées par le négoce artistique et l'embrigadement religieux, la mort entourée de promesses d'outre-tombe plus ou moins farfelues. Piégé, l'homme cherche à quoi s'accrocher : famille, travail, divertissement, chimères idéologiques... La variété ne dissimule pas la similitude. Végétatifs ou rebelles, croyants ou impies – nous ne quittons jamais la comédie du monde. Au début, elle paraît neuve, nous déclamons sans trop d'ennui. Les plus innocents gardent leur entrain. Les moins naïfs sombrent dans le cynisme ou se suicident, sachant que cela aussi est prévu dans le script. Enfin, les joueurs d'élite, «joueurs ontologiques», poussent leur rôle à l'absurde et, condamnés à cent cinquante ans de prison, observent la suite du spectacle avec un flegme qui force l'admiration.

« Mais, alors, comment quitter la scène ? me demande Gaia.

— Vous l'avez fait, avant-hier. En vous arrêtant dans la forêt, en fermant les yeux, en respirant l'odeur du feu de bois et...

— Et je n'avais plus besoin de "script", juste l'amertume des feuilles mortes et le crissement de la neige sous nos pieds... »

Elle doit penser que cette vie nouvelle pourrait à tout moment se dérober – j'ai eu la même inquiétude en observant les diggers. C'est dans l'une de leurs fondations, en Australie, que j'ai revu Osmonde... Les bâtiments d'une ancienne mine y regroupaient plusieurs laboratoires, des logements et ce que j'ai pris pour de petites salles de cinéma – en réalité, des locaux de métapraxie. Les activités de la confrérie, tâches courantes ou liées à des technologies avancées, s'accomplissaient dans un étrange insouci des performances, des délais. Il n'était pas rare de voir un digger sortir d'un labo et aller travailler dans les potagers qui s'étalaient le long d'un lac... Les hommes et les femmes, d'âges différents, se parlaient peu et, pourtant, des liens plus intimes se nouaient, sans modifier cette distance bienveillante. Le monde extérieur n'était ni rejeté ni redouté mais juste « évalué ».

«Il nous faut une idée claire de ce qui nous entoure, m'expliquait Osmonde. Chaque année, dans le monde, plus d'un million de femmes sont violées ou assassinées – trois mille par jour. Six millions d'enfants meurent de faim – un enfant toutes les cinq secondes. Et savez-vous combien de balles sont tirées ? Huit cents milliards par an. Une centaine pour chaque habitant de la Terre ! Sans compter les bombes, les missiles... Une tuerie ininterrompue, un hurlement continu des victimes. Tout cela, en simultané avec la "vie normale" : fêtes, matchs, élections, vacances, boulimie d'achats... Les diggers constatent cette simultanéité, sans jouer aux indignés : la mécanique bio-sociale est autophage – plus les hommes dévorent la nature plus ils se dévorent entre eux. Un cercle vicieux, donc un collapse prévisible... »

Gaia m'interrompt : «Cette fuite vers le précipice, tout le monde en est conscient. Mais comment arrêter la machine ? Vous le disiez vous-même – allez expliquer aux généraux du Pentagone de ne plus lancer des guerres partout sur la terre !

— J'irai plus loin, Gaia. Allez expliquer à notre "héros", ce brave Européen moyen, que skier sur la neige artificielle des montagnes urbanisées accélère la catastrophe...

— Les diggers n'espéraient quand même pas stopper cette course folle ? Tant qu'à faire, pourquoi ne pas arrêter le temps ?

— C'est ce qu'ils proposaient, Gaia.

— Vous… plaisantez!

— Pas du tout. La durée de votre vie, ce tic-tac de votre chronomètre corporel, est-ce le seul temps possible?

— Euh… non. Il y aussi le temps… astronomique. Et puis, les rythmes de la vie sociale, du travail…

— Oui, nos cellules, réglées pour trente mille jours et la société avec les étapes de son "script." Mais au-delà de ce jeu?

— Je ne vois rien d'autre…

— Vous ne le voyez pas jusqu'à l'instant où vous vous arrêtez, un soir, dans une forêt recouverte de neige, en pensant: "La vie pourrait être cela." Votre temps physique et le temps du jeu social s'effacent. Vous n'êtes plus ce que vous avez toujours cru être – cette Gaia de Lynden, ce moi construit, érodé, reconstruit, aimé, haï, compris, rejeté, plaint, méprisé, etc., à qui l'on faisait interpréter tous ces rôles dans la comédie du monde.

— Donc les diggers proposaient un… changement qui…

— Une révolution. Pas un retournement de veste, genre 1789 ou 1917, qui n'a fait que changer les déguisements. Une révolution qui créerait un temps radicalement autre. Godbarsky l'appelait "pérennité", il disait aussi "l'instant où la mort meurt en nous". Il y a une scène dans le manuscrit de Vivien, vous vous rappelez ? Lui, derrière l'église de la Trinité, une vieille dame vêtue de noir, un soleil de décembre, la certitude de vivre enfin la vérité de ce qu'il est. De même que devant *La Qibla*. Un vieillard agenouillé au milieu d'un désert, le silence, la ligne brumeuse des montagnes… Un temps sans le décompte du temps, le début de la "pérennité" où nous sentons la mort mourir en nous. »

Le visage de Gaia s'éclaire d'une sérénité que j'ai observée quand, en métapraxie, elle rêvait la dernière venue, avec son fils, dans la maison des Lynden.

« Vous pensez que… qu'il n'est pas trop tard pour que je puisse croire en… la pérennité ? Vu la façon dont j'ai toujours vécu…

— Vous n'avez pas à "croire", Gaia. Vous avez déjà connu ces instants pérennes. L'essentiel est de pouvoir en faire une vie. »

VII.

À l'heure du franchissement

Ce que nous vivons ne change rien en apparence. Gaia poursuit ses traductions et, venant à Paris, passe souvent plusieurs jours dans la tanière d'Osmonde. Je continue à compléter mes notes sur Vivien en qui je ne voyais, au début, qu'un romantique aigri, « venu trop tard dans un monde trop vieux ». Je n'ai pas eu encore le courage de montrer à Gaia les trois derniers feuillets – son fils y parle d'elle, de son travail de traductrice.

« Transposer dans une autre langue une prose peuplée de personnages polycopiés : des bons, des méchants, des amants pervers, des nombrilistes... Dans ces "biographies de l'ego", comme elle dit, les "quadra-cadres moyens" dépriment au bureau ou dans leur lit peu fréquenté, racontent leurs chagrins de bobos, exhibent telle ou telle acrobatie copulatoire, fustigent le capitalisme dont ils sont les premiers bénéficiaires, font une retraite spirituelle...

Ma mère a eu une vie bien remplie, comme on dit : divers métiers, tourisme humanitaire et, surtout, la frénésie des corps qui... "s'enlacent puis s'en lassent". Une existence riche. Un programme génétique accompli. Et pourtant, un souvenir y manque : "Tu te rappelles ? me disait-elle un jour. Nous sommes venus dans cette vieille bâtisse des Lynden, à côté d'Oudenburg. J'ai récupéré un tableau et, en allant vers la voiture, nous nous sommes retournés..." Elle n'a plus dit grand-chose et moi, je n'osais pas avouer que, depuis toutes ces années, cet instant m'aidait à l'aimer. »

C'est à Mo i Rana qu'un soir, je montre ces pages à Gaia. Elle les lit, puis plisse les paupières et je ne sais pas si elle veut retenir ses larmes ou, dans cette brève cécité, revoir son fils.

« Allons marcher sur nos terres... », me dit-elle et, enfilant un manteau, nous sortons faire quelques pas pour marquer cette heure, en fin d'après-midi, où la lumière décline vite et son bleu semble vivant, conscient de notre présence. « Nos terres »... Ce bout de gazon sauvage, une broussaille d'épiniers qui nous sépare de l'ancien domaine des Lynden... La fraîcheur descend de la forêt de hêtres, fait frissonner Gaia qui ramène sur elle les pans de la vieille pelisse et j'ai la sensation très vive de la proximité de ce corps féminin. Un corps... aimé, me dis-je, comprenant l'inexactitude de ce mot − car il faudrait alors nous appeler « amants », retracer l'intrigue

234

de notre « liaison ». Non, rien de tout cela. Juste cette silhouette que voile la chute du jour, cette main retenant le col de la pelisse, les doigts dont je connais le toucher sur mon visage. Il y a, dissimulée par ce large manteau, la plénitude corporelle qui contraste avec la fragilité des poignets, la finesse des chevilles, sujettes aux foulures, avec les clavicules qui semblent ployer sous le poids des seins. Une présence qui fait partie de la fugace éternité, un soir de mars, dans ce lieu difficile à trouver sur la carte de la Flandre occidentale.

Nous rentrons, je rallume le feu, Gaia termine sa lecture – les toutes dernières paroles de son fils.

Pour éviter au facteur de venir jusqu'à la maison de Mo i Rana, nous avons installé une boîte à l'entrée de l'allée et, tantôt moi tantôt Gaia, nous allons chercher le courrier – une centaine de pas que, chaque fois, j'ai l'impression de n'avoir encore jamais faits. Un chemin encombré de feuilles mortes, un brouillard qui estompe les arbres et la conscience de l'infinie unicité du moment où je rentrerai, poserai les lettres sur la table, verrai Gaia et le reflet du même étonnement dans ses yeux : elle non plus n'a jamais vécu une matinée où un homme, inconnu quelques mois auparavant, pousserait la porte, faisant pénétrer l'amertume des étendues brumeuses, et la regarderait sans avoir besoin de lui dire la joie de rester dans cette vieille maison, dans ce temps qui dure, encalminé, entre les braises lentes dans le poêle, la pâleur de l'air derrière les fenêtres et cette étreinte – le froid que j'apporte et qui se mêle à la chaleur de ce grand corps féminin.

Ces heures immobiles se mettent à rythmer la vie à Mo i Rana. Les nuages renversés dans la surface d'un canal, une ancienne écluse, un oiseau qui se pose sur des rouages rouillés en enlevant leur pesanteur. Il y a aussi ces soirées dont la lumière printanière s'attarde, nous laissant aller un peu plus loin – le canal nous amènera peut-être à la mer, disons-nous en souriant, et les quelques pas de plus deviennent aussi ce temps qui ne passe pas.

Au début, notre séjour, ici, cherchait une justification. Nous avions déserté les jeux du monde, refusé la participation. Cette culpabilité s'est dissipée. Déserter quel monde? Refuser de participer à quoi? Un après-midi, dans un café, à Bruxelles, ces actualités à la télévision : Irak, Syrie, des milliers de morts – le ton du journaliste est placide, indifférent. Accepter ce monde-là?

Les diggers se posaient déjà cette question. Se rebeller? Lancer une « ultime révolution », prônée par Godbarsky? Ou bien, se mettre en retrait et voir dans chaque être, dans chaque instant – le dépassement du temps et de la mort?

Une nuit, je surprends chez Gaia un réflexe de gêne : d'un bras, elle entoure le haut de sa poitrine puis, avec une petite grimace penaude, passe de cette pudeur à la décontraction désabusée d'une femme qui a connu beaucoup d'hommes. Leurs mains écrasaient ses gros seins, arrachaient à son corps un plaisir hâtif, pas souvent partagé – «un peu comme on étripe une bête», m'a-t-elle dit, un jour. Elle ne se reconnaissait pas victime – banaliser l'amour par la fréquence des coïts correspondait à la mentalité moderne en tout domaine : asservir la nature pour s'en servir, remplacer la foi par des idéologies, fabriquer à la chaîne les gadgets de l'art... Et aussi, priver le corps du moindre vestige d'idéal. Oui, l'éviscérer !

Comme tant d'autres, elle croyait inimitable le destin qu'elle se fabriquait avec les éléments les plus prisés par la société : aventures tiers-mondistes, progressisme sociétal, libertinage multiethnique... Mais, très vite, elle s'est vue mal profilée pour notre époque de vêtements et d'idées unisexes. L'idée de se venger de son corps, de le décharner, oui, de le tuer partiellement lui venait à l'esprit. Et puis, son fils est mort. Elle a compris que se tuer complètement serait plus simple...

Elle se lève, met sa robe de chambre. «Je vais préparer du thé...» Le feu lance de brefs sifflements – les gouttes de pluie qu'un vent venant de la côte rabat dans la cheminée. Gaia s'assied, se courbant un peu – toujours ce reste de gêne physique.

«Qui a écrit cela? murmure-t-elle doucement. "Le corps est un destin." N'importe... Un jour, Max a beaucoup bu, n'a pas pu faire l'amour et, furieux, a hurlé : "Avec tes gros nichons, tu aurais pu faire la pute !" Il n'avait pas tort – le jeu social est fait pour les "femmes-ados". Mais les femmes comme moi? Les inadaptées…

— Les diggers portaient un tout autre regard sur ces "inadaptés", chère Gaia. Un être pareil n'a pas à exécuter les singeries de la farce sociale. Pas de script de la Deuxième naissance, avec ses mises en scène, ses rivalités, son obligation de réussite. Une liberté insensée!

— Mais attendez, ces "inadaptés" veulent eux aussi… vivre! Plaire, avoir du succès, jouir. Et jouer!

— Les diggers leur offraient un jeu qui dépassait tout ce que notre charitable démocratie leur octroie comme aumône ludique. À un bossu, on suggère de se marier avec une handicapée et à vous, de vous montrer honteuse de votre corps ou, mieux, de le rendre conforme, à coups de diètes et d'ablations. La métapraxie pallie cette injustice: le bossu a la possibilité de se faire aimer de divas. Et vous, en deux séances, vous avez condensé tous les corps que vous aviez fait jouir et tous les attraits idéologiques de vos activités humanistes…

— Oui, ces jeux-là sont très bien imités mais… cet instant que nous vivons à présent, dans cette nuit, dans cette vieille maison de Mo i Rana? Ou, seulement, la chaleur de ce feu et la senteur du thé. Et surtout, ce que nous devinons derrière cela. L'essentiel…

— C'est là où la vision des diggers était révolutionnaire. Les inadaptés de l'existence, ces "bossus" du destin, vivaient déjà au-delà du visible. Exclu de la comédie sociale, on devient plus perceptif à l'étrangeté de cette Mo i Rana, au dessin de ces petits vaisseaux bleutés qui transparaissent sur vos doigts quand vous tendez vos mains vers les flammes… Ces êtres blessés sont plus proches du franchissement.»

Le matin, de ma fenêtre, je vois le terrain tout argenté – non pas sous le givre mais sous l'une des premières rosées. Et le tracé des pas – Gaia s'éloigne lentement, allant chercher le courrier – ces messages qui nous viennent d'une autre planète.

Non, la vie de Mo i Rana n'est pas à l'abri des bruits du monde. Ce portrait au fond d'une boîte remplie de vieilles photos : une femme, jeune encore, portant une écharpe qui lui cache le bas du visage. Gaia murmure : « C'était aussi une "inadaptée"... »

Il s'agit de la mère de Roeland, l'ancien occupant de la maison. En 1944, elle a été surprise par un bombardement – un éclat lui a arraché la mâchoire inférieure. Roeland, douze ans à l'époque, l'a vue avant l'arrivée des sauveteurs. Il a évité la folie en choisissant sa forme modérée – la poésie et l'obsession des voyages... Un jour, Gaia s'est mise à parler à Vivien de l'ONG Mer sans barrières pour laquelle elle travaillait. Il l'a interrompue : « Tes camarades se plantent complètement ! Il faut être débile pour espérer sauver le monde de sa monstruosité. Mes arguments ? Si une jeune femme a son visage arraché par une bombe, c'est que l'humanité est incurable. »

Le soir, près du feu, Gaia me dit sur un ton peiné : « Je n'ai jamais réussi à donner complètement tort à Vivien. Ceux qui viendront à Mo i Rana, après nous, ne sauront même pas pourquoi cette femme se voilait ainsi. Ils diront : "Tiens, quelle drôle de tête !" et jetteront cette photo avec d'autres vieilleries…

— C'est ce que pensait Osmonde : la mémoire digère vite l'horreur des massacres. Avant chaque guerre, on clame la valeur absolue de l'être créé à l'image de Dieu. Tolstoï, grand apôtre de l'humanité déifiée, meurt en 1910 – l'écho de ses prêches se mêle aux râles des fils de Dieu éventrés et gazés. Avant le second carnage mondial, les discours pacifistes sont encore plus abondants avec, pour résultat, la productivité de l'extermination montant en flèche. Oui, la monstruosité sans rédemption… »

Gaia se lève, va vers sa table de travail, ouvre un tiroir. La feuille qu'elle tient est usée comme une lettre maintes fois relue.

« Vivien m'a écrit une semaine avant sa mort. Pour dire qu'il a essayé de faire comprendre à Johanna la vision des diggers. Elle a ricané en lui conseillant de revenir à la réalité. "À ton combat contre l'invasion de l'Europe", précisait-elle, en exagérant son rôle de pasionaria identitaire. Mais, dans sa lettre, il ne l'accable pas. Il s'accuse lui-même de ne pas avoir trouvé les mots… "pour la sauver", dit-il. »

Le matin, en revenant avec le courrier, je vois Gaia à la fenêtre de la chambre. Le soleil encore bas jette sur sa silhouette les reflets rouges et dorés de la verrière. Nous passons quelques secondes à nous regarder, avec le sentiment de pouvoir dire, un jour, la vérité des instants comme celui-ci.

Le beau temps chauffe le terrain de Mo i Rana et fait sortir des pousses étonnantes, plantées encore par Roeland et revenues à l'état demi-sauvage : feuilles, tubercules, étranges rhizomes qui étalent leurs protubérances jusqu'au perron... Le vieux poète trouvait dans ses travaux agrestes un moyen de subsistance.

L'idée est tentante – vivre de cette terre, se contenter de l'humble offrande végétale, créer à Mo i Rana ce que les diggers construisaient dans leurs confréries... Loin du monde.

Dans ce monde-là, les clients ont repeuplé « l'hôtel de charme », l'ancienne demeure des Lynden, et leurs jeux propulsent jusqu'à notre allée des petits boulets de golf. D'autres projectiles – ces bribes d'actualités qui nous parviennent : le roi du porno Larry Flynt offre dix millions de dollars pour destituer le président américain, les USA dépensent trente milliards juste pour l'entretien de leurs têtes nucléaires, l'épidémie de choléra au

Yémen, la mortalité des migrants en Méditerranée – deux pour cent du nombre total. Et en plus rapide : Wimbledon, *Game of Thrones*, rafle du Vel' d'Hiv', techno rave, score « historique » – quatre à zéro, lustre en tampons hygiéniques comme objet d'art... Personne ne relève l'obscénité d'une pareille énumération.

Parfois, nous croisons des touristes et, cet après-midi, une voiture se gare tout près de Mo i Rana : un jeune couple qui parle en français. Avec la désinvolture d'un colon devant une hutte de sauvages, l'homme commente « la bêtise de ces cons belges qui laissent crouler un bijou pareil ». Nous sommes accroupis, Gaia et moi, dans notre potager et le garçon, ne nous voyant pas, explique comment refaire le « bijou » : il faudrait abattre, agrandir, élargir, mettre aux normes, reconfigurer... Il est musclé, râblé, dynamique. L'épouse est petite, déformée par la grossesse, placide – l'incarnation du bonheur matrimonial atteint. Bientôt, ils auront un bébé, puis un autre – le futur père parle de deux chambres d'enfants qu'on pourrait installer à l'étage si l'on « enlève cette verrière pourrie ». Il se tourne vers la haie de cassissiers – « on l'arrache et on creuse une piscine ». C'est alors qu'il nous remarque et, sans la moindre gêne (devant les « cons belges »), nous demande la route de l'hôtel. Ils remontent dans leur voiture, partent. Les fenêtres de Mo i Rana nous regardent avec soulagement. La démolition a été évitée !

Assis sur une vieille planche, à l'ombre des cassissiers (« au bord de la piscine », plaisante Gaia), nous évoquons cette brève incursion du « réel » : une jeune existence en expansion, un couple qui absorbe biens matériels, vacances, mètres carrés, espace vital et social, marqueurs du niveau de consommation… Et qui le transmettra à cet homoncule qui bouge déjà dans le ventre de la maman. Non, ces jeunes époux ne raseront pas Mo i Rana, ils achèteront une vieille maison, en France, et la « reconfigureront », en la rendant plus « fonctionnelle », mieux « équipée » – en tuant son âme. Mais la présence humaine sur cette terre, n'est-elle pas ce méthodique assassinat de l'âme ? L'âme de la nature, l'âme du passé, l'âme secrète de chacun…

Une balle rebondit dans l'allée et se perd au pied d'un arbre – le coup d'un golfeur, peut-être de ce mari, pressé de profiter du « green ». La vie de ce couple est touchante, très clairement légitime et, pour parler comme Vivien, « monstrueuse ». Pendant qu'une balle roule vers son trou, des milliers d'enfants agonisent, de faim ou sous les bombes, sur cette planète dont le destin tient à une imperceptible erreur informatique qui, en quelques secondes, lancera des centaines d'ogives nucléaires et calcinera les continents. Des foules de fourmis humaines s'agitent dans les décharges toxiques que, par habitude, on continue d'appeler «villes» et là, devant un ancien manoir amputé de son âme, des hommes se promènent sur un gazon dru et frappent avec une crosse dans des boules de plastique. Surtout, ce jeune homme que la grossesse de son épouse prive brièvement de vie sexuelle – ce qui, selon la vieille antienne freudienne, est sublimé en énergie créative, oui, l'envie de raser l'antique gloriette habitée par des «Belges». Un cercle vicieux où notre biologie se transforme en jeu social, ce jeu reproduisant une nouvelle biologie – cet enfant qui sent le soleil sur le ventre de sa mère étendue sous un parasol.

Au début du mois d'août, venant à Paris, dans la tanière d'Osmonde, je trouve sur le répondeur son message. «Si vous voulez faire un tour dans le Caucase... Notre fondation de diggers est réactivée, nous avons déjà creusé un puits...» Je me souviens que l'expression «creuser un puits» ne signifie pas un accès à l'eau. C'est ainsi que les premiers diggers, arrivés à l'endroit d'une ancienne mine d'or australienne, désignaient l'installation de leur confrérie.

En rentrant à Mo i Rana, je confie à Gaia la proposition d'Osmonde. Elle en paraît plus qu'émue – désemparée devant la promesse de renaître. Nous en parlons longuement et décidons d'attendre septembre. «La récolte!» disons-nous en riant, nous rendant compte que ce refuge flamand de Mo i Rana a été une étape importante dans notre avancée vers le franchissement.

VIII.

La traversée de la frontière

Notre vrai voyage n'a pas, pour point de départ, Paris ou Moscou, ni même la capitale de l'Abkhazie – la ville de Soukhoumi, sur la mer Noire. Les passeports, les visas, les douanes forment un sas de tracas paperassiers qui brouillent l'impression de rompre enfin les amarres.

La certitude d'être véritablement ailleurs nous vient à la fin de la matinée (nous sommes partis à six heures), quand le chauffeur qui nous emmène dans son tout-terrain annonce sur un ton assez neutre, en russe (je le traduis à Gaia) : « Le paradis est à gauche… » Nous venons de traverser des lieux qui auraient pu, mieux que ce village de Tsabal, évoquer l'éden. Devant notre air dubitatif, il précise : « Je veux dire le paradis… historique, celui de la Bible. » Comme notre acquiescement ne lui suffit pas, il admet : « Bon, certains prétendent qu'Adam et Ève n'ont pas vécu ici mais plus au nord, sur la montagne Inal-Kouba… »

Dès le début, nous avons décidé de ne jamais mettre en doute ses récits – la route qui monte dans les montagnes est ardue, il n'est pas prudent de contrarier notre guide. Après tout, tant mieux si ce modeste pays possède deux paradis, au lieu d'un. L'homme est un ancien militaire reconverti en accompagnateur de touristes, le seul qui ait accepté de nous conduire au fin fond de la vallée du fleuve Kodori, au-delà du village Ajara dont le nom suscitait chez ses confrères une moue sceptique puis un refus.

Il a compris que les sites qui attirent d'habitude les visiteurs n'étaient pas notre priorité – ainsi, ces commentaires dépeignent-ils les beautés hypothétiques. Nous aurions pu voir une vieille tour d'où se sont jetés la Juliette et le Roméo autochtones et, plus mystérieuses encore, des cavernes « avec une entrée jusqu'au centre de la terre ». Ce qui nous reste à admirer est déjà sublime : la chaîne neigeuse du Caucase, ces deux pics – « Ertsakhou et Dombaï, quatre mille mètres », annonce-t-il. Et aussi, dans l'après-midi, illuminée par le soleil qui commence à décliner, cette kyrielle de lacs, chacun avec son aura de mythes.

Dès que la conversation s'éloigne des curiosités, les réponses du chauffeur deviennent plus vagues. Les Abkazes sont-ils chrétiens ou musulmans ? Un peu les deux. Et tous ces sanctuaires d'aspect préhistorique, ces dolmens, ces montagnes sacrées ? Tradition ancestrale, divinités villageoises, intimes et d'autant plus efficaces. À un tournant, nous voyons un groupe d'hommes déambuler au milieu des rochers – je m'attends à un énième contrôle routier. Non, ce sont des policiers qui ont emmené un suspect dans l'un de ces lieux de piété archaïque : mentir ici est presque impossible pour un Abkhaze...

Le chauffeur doit déjà penser au retour, ses commentaires s'épuisent et c'est la guerre récente avec la Géorgie qu'il évoque le plus souvent. Soukhoumi envahi par l'armée géorgienne, les massacres, les pillages, les viols. Ce récit se tisse dans ce qu'il nous racontait tout au long du voyage : la résistance de ce brave petit peuple d'Abkhazes face aux Romains, aux Byzantins, aux Génois, aux Turcs... Nous échangeons un regard, Gaia et moi – rien de bien nouveau dans le « script » de ce monde. Notre guide parle surtout des sites dévastés, des édifices qui survivent dans leur triste vieillesse aux fenêtres vides...

Il se reprend et, ne voulant pas nous décevoir, déclare que la montagne Ertsakhou fut le port d'attache de l'arche de Noé ! Je devine chez Gaia la même pensée que la mienne : « Donc, toute la population de la terre est plus ou moins abkhaze... » L'homme prend conscience de ce trop-plein de merveilles locales et nous informe sur un mode plus badin : un jeune qui monte sur cette montagne devient un vieux sage, alors qu'un vieux rajeunit...

Nous progressons maintenant dans la coulée violacée d'un crépuscule, sur une route labourée de crevasses. Le chauffeur se tait, les yeux balayant l'ombre qui s'épaissit, mine crispée de celui qui s'en veut d'avoir accepté l'aventure. Plusieurs fois, son tout-terrain s'embourbe jusqu'au moyeu des roues, empiète sur la broussaille pour éviter les fondrières. Intérieurement, l'homme doit pester contre «les archéologues» (c'est ainsi que nous présentons les diggers) qui avaient eu la bêtise de grimper si haut.

Enfin, il freine et, ne parvenant pas à dissimuler son embarras, annonce: «Je ne peux pas aller plus loin. Mais leur campement est tout près. Il faut dépasser ce pierrier, longer le courant et là, vous voyez? Derrière le bois, sur le versant du col, se trouve leur base…» J'émets un vague rappel, en disant que nous avons payé pour être conduits à l'endroit même. Il répond, penaud et visiblement anxieux: «C'est que… ces pierres, c'est une frontière – de ce côté-ci, vivent les hommes, et de l'autre, les… Apaïmbars.» Il nous a déjà expliqué que c'étaient des esprits à ne pas déranger après le coucher du soleil…

Je ne sais pas si son clin d'œil aux forces surnaturelles vient d'une crainte sincère ou n'est qu'un prétexte pour rentrer plus vite. Nous retirons nos sacs et observons, un moment, l'éloignement de ses phares dans la descente caillouteuse.

Le bruit du moteur s'éteint, le silence se fait très pur, approfondi par la plainte d'un oiseau, le frottement de nos premiers pas. Nous avançons sans trop d'angoisse – au pire, en marchant dans la nuit, nous pourrions retourner vers l'un des villages que nous avons traversés – l'un des « paradis ».

Sous les arbres, où la lumière faiblit vite, l'inquiétude grésille, non celle de nous égarer mais de croiser une bête – notre guide nous a parlé des ours et des sangliers... La tension nous fait percevoir un frôlement rythmique, de l'autre côté du courant. Figés, nous tendons l'oreille – non, rien. Nous repartons et le bruit revient, comme si quelqu'un reprenait aussi la marche...

La voie monte et la clarté réverbérée par la montagne trace la silhouette d'un marcheur qui progresse à une vingtaine de mètres devant nous, portant sur son dos un gros amas de branchages. Pour éviter de l'effaroucher, je le hèle avant d'arriver à sa hauteur. Il dépose sa charge et s'y assied pour souffler.

Nous nous attendions à voir un vigoureux montagnard, mi-ermite mi-chasseur, mais l'homme est mince, assez âgé, au visage fin et au regard doux derrière ses lunettes. Nous lui apprenons le but de notre voyage, il secoue la tête avec une joie non feinte. « Écoutez, si je ne vous retarde pas trop avec mes fagots, allons ensemble, tout le monde est déjà à la fondation... » J'hésite, un moment, puis je lui demande : « Et Osmonde ? » L'homme sourit : « Il doit être dans son observatoire... »

Sous la lumière du couchant qui s'éteint, nous apercevons les contours d'un bâtiment. Notre

compagnon raconte le passé du lieu : une forti-
fication, plusieurs fois détruite et reconstruite,
remplacée, sous Staline, par un pénitencier, ensuite
réaménagée en maison de repos pour les ouvriers
d'une mine de charbon, enfin, abandonnée pendant
la récente guerre contre la Géorgie... Les quelques
lueurs derrière les fenêtres prouvent que les occu-
pants ont su rétablir l'électricité.

Nous laissons nos sacs dans l'entrée. « Je vous
aiderai à vous installer, dit l'homme, mais avant,
allons voir Osmonde. »

Au bout d'un escalier étroit menant au dernier
étage se trouve une grande pièce qui a échappé aux
obus. Une veilleuse accrochée au mur laisse voir le
tube d'un télescope et la stature massive de celui qui
va à notre rencontre. Il allume une lampe sans abat-
jour, me dévisage en clignant les yeux. Mais c'est à
moi d'être surpris : le visage d'Osmonde est à moitié
envahi par une barbe argentée et pourtant ses yeux,
ses traits semblent rajeunis. Il soupire : « Oui, j'ai pris
un coup de vieux et de jeune à la fois. Comme sur la
montagne Ertsakhou. En fait, j'ai arrêté de fumer. La
Havane est trop loin... » Je le présente à Gaia – il ne
l'a jamais rencontrée et ignore que Vivien est mort...

« Je sais que vous êtes fourbus après votre périple.
Mais juste une seconde. Vous allez admirer cette
belle supernova... »

L'un après l'autre, nous collons notre œil à l'ocu-
laire du télescope... Je ne suis pas sûr de distinguer

la «supernova» mais c'est le commentaire d'Osmonde qui m'éblouit: «Elle a explosé au moment
où l'homme commençait à tailler les silex. Et pendant que la lumière traversait ce gouffre qui nous
sépare d'elle, l'humanité a eu le loisir de concevoir
ce télescope. Et aussi d'accumuler assez de bombes
pour anéantir la Terre. Les survivants devront revenir au silex...»

Le lendemain, avec un zèle de néophytes, nous nous précipitons pour aider les autres – ils sont à peine une dizaine et chacun trouve un travail à sa mesure. En compagnie de deux femmes – une mère et sa fille de vingt ans – Gaia se met à défricher des lopins de terre, étendus en terrasses, en contrebas du bâtiment où nous avons passé la nuit. Moi, je rejoins le porteur de fagots, notre compagnon d'hier, qui essaye de dégager un tronçon de chemin enseveli sous un éboulement. Un homme, portant un long manteau noir, tel un habit de moine, est en train de replâtrer le mur entre la pièce qui fait office de cuisine et la grande salle au sol encore jonché de gravats. Notre travail est silencieux, plutôt lent, et me rappelle la vie que j'avais autrefois partagée avec les diggers – une existence visible, quotidienne, et une autre, telle notre ombre, se posant loin de nous, sur une réalité échappant à notre regard.

À la fin de l'après-midi, Osmonde revient de la ville : il a répété notre voyage d'hier et (le chauffeur disait donc la vérité) n'a pu aller plus loin que l'amas de roche marquant la frontière des fameux «Apaïmbars» – non par superstition mais en ménageant sa poussive camionnette, l'unique voiture de la fondation. Les achats faits à Soukhoumi sont transbahutés dans une vieille carriole tirée par un âne. «Nous sommes presque autosuffisants, me dit-il. Restent quelques bienfaits de la civilisation dont nous ne pouvons pas nous passer…» Je vois un rouleau de fil électrique, un seau rempli de clous… Les diggers n'ont d'ailleurs jamais cherché à imiter les Robinson.

Le soir, je croise Gaia à l'entrée du bâtiment – elle est à la fois enthousiasmée et hagarde : «Je suis à plat, me dit-elle en souriant. Je mange et je m'écroule.»

Le grand air et l'effort m'ont mis dans un état comparable, ajoutant un effet dopant qui me ferait travailler toute la nuit. Dans la vaste pièce d'en bas, devant le poêle fraîchement maçonné, je retrouve Osmonde, seul, en train de faire le feu. «Pour le moment, la maison est une passoire, ce qui n'est pas sans avantages – la chaleur se faufile dans toutes les chambres. Venez, que je vous montre notre beau pays d'Apaïmbars…»

Nous montons au dernier étage, dans un local où il dort, travaille et se prépare le café sur un réchaud à bois. Il fait bouillir de l'eau et nous mangeons du pain cuit par une digger et le fromage acheté dans le village voisin : spécialité d'un de ces «paradis» dont nous parlait le chauffeur. Je demande à Osmonde s'il va observer sa supernova. Non, la lune est déjà trop haut, il faudrait attendre une nuit plus noire. De sa fenêtre s'ouvre une fuite aérienne de vues – les sommets sous une luminescence bleue et la vallée du Kodori…

Nous restons assis, avec pour seule clarté le rougeoiement du poêle et la coulée lunaire qui trace des ombres nettes à travers la pièce. Je me décide à lui parler du jeune Lynden et de sa mère.

«Quand j'ai rencontré Gaia, j'ai appris que son fils était mort. Quelques mois auparavant…»

Son visage a l'air de se craqueler et, malgré la broussaille de la barbe, je devine sa douleur. Mon récit est décousu, mais le plus important est dit : Lynden, Johanna, amour trahi, suicide. Le canevas est dérisoirement simple. Je me hâte d'assurer Osmonde que ses discussions avec Vivien n'ont pas été vaines – le jeune homme a dépassé son mode de pensée «hussardesque» et, encore à tâtons, s'est engagé sur la voie du franchissement. J'évoque l'adolescence de Vivien, l'homosexualité de son père, l'accident qui a fait de ce garçon un boiteux au cœur blessé. Les tracts dans son appartement, ses archives…

Osmonde m'écoute sans réagir, le regard porté dans l'embrasure vide d'une des fenêtres. Conscient que ma narration manque de logique, j'énumère quelques événements européens qui provoquaient la colère des «hussards»: les massacres au nom de la démocratie, le garrot de la censure et des idéologies... Il se tourne vers moi et murmure sur un ton où je n'entends aucune note peinée: «J'aurais dû l'emmener ici, notre brave Lynden. Mais... il y est peut-être, oui, à cet instant-là, à nos côtés, dans ce bleu de la lune. Qui pourrait le nier, avant d'avoir connu la mort?»

Il doit s'apercevoir qu'il a laissé sans réponse mon compte-rendu des actualités. Comme dans une intuition soudaine, il s'exclame: «Le plus cocasse c'est que *Le Grand Déplacement* de ce jeune Lynden pourrait se révéler bientôt d'une justesse imparable!»

Il soupire, s'en voulant de ce raccourci et reprend d'une voix grave, comme si, véritablement, il discernait dans l'obscurité la présence du jeune homme.

«Non, son *Grand Déplacement* était trop tendre, je vous l'ai déjà dit. Les hommes n'auront pas la sagesse d'écouter la leçon de ce livre prémonitoire. Ils poursuivront leurs petits jeux de races et de classes, clamant la priorité tantôt de la négritude tantôt de la blanchitude, admirant soit les métis soit les purs-sangs, vendant leur couleur de peau au marché des vanités idéologiques, ramenant tout à leur identité sexuelle ou à je ne sais quelle supériorité mythique. Et puis, un jour, tout cela s'effacera dans une belle fournaise nucléaire... Là, je plagie l'un de nos confrères, vous allez le rencontrer, un penseur irénique, chassé d'une université américaine… Nos vraies identités sont ces quatre-vingt-treize milliards d'années-lumière que mesure, semble-t-il, l'univers observable. Notre nature de brin de poussière dans cet abîme. De même, notre vraie couleur de peau c'est ça, oui, ce reflet argenté de la lune sur nos mains, une nuit d'automne, dans ce coin perdu du Caucase. Quant à ceux qui se croient supérieurs, il faudrait leur expliquer que la seule supériorité est de savoir sortir du jeu, quitter la scène où tout le monde joue faux, tiraillé par la peur de manquer et la panique de la mort… »

Nous descendons dans la salle pour raviver le feu et, en suivant un couloir encombré de vieux meubles, j'entends deux voix qui parlent très bas dans l'obscurité. L'une d'elles prononce le nom de Théodore Godbarsky.

Au lever du soleil, j'explore le bâtiment dont je connais mieux, maintenant, le passé. À la fin des années quarante, les autorités y avaient créé un « institut de recherches », en réalité, un pénitencier regroupant une vingtaine de scientifiques. Certains, accusés de subversion, allaient être fusillés. Godbarsky y avait séjourné jusqu'à sa mort…

J'ai même un plan qui indique l'endroit où, probablement, était incarcéré le philosophe. Peu habile à lire ces dessins d'architecte, je crois comprendre que sa cellule se trouvait au rez-de-chaussée. Gaia me rejoint, regarde le croquis. « Non, le plan est fait étage par étage. Cherchons plutôt sous les combles… »

Nous y montons et avançons au milieu des tronçons de charpente décloués. Parfois, au croisement des galeries, nous nous perdons de vue, je tends l'oreille et retrouve Gaia dans l'une des pièces : elle déchiffre le plan, puis, disparaît de nouveau dans un passage. Les planches tanguent sous mon pied, je recule, prêt à la mettre en garde contre ce sol instable, mais sa voix me devance : « C'est par ici ! J'en suis sûre. De sa cellule, Godbarsky pouvait voir cela ! »

Les vitres cassées laissent entrer l'air lumineux d'un automne méridional, le reflet roux de la forêt et, au loin, l'éclat neigeux des sommets. Autour, flotte la senteur d'un feu de branchages – le soleil mêlé à son amertume est l'essence même de ces minutes. Du rez-de-chaussée vient l'écho de quelques mots : les membres de la fondation allument le feu, préparent le repas, reprennent le travail. Dehors, deux hommes découpent un tronc – leur longue scie à deux poignées fait entendre de brèves vibrations chantantes.

Gaia se tient devant la fenêtre aux battants cassés, son corps penche, comme si elle voulait repousser le sol et se laisser planer dans cette luminosité résonnante de fraîcheur…

Redescendant dans notre « salle à manger », nous saluons ceux qui y sont attablés mais aucune conversation ne s'engage. Ce que nous entendons nous suffit – ce vent empli de soleil, le crépitement du branchage dans le feu, le silence de cette coque de pierre qui nous abrite et que nous essayons de restaurer.

Un soir, une semaine plus tard, Osmonde me montre une liasse de pages couvertes d'une écriture serrée – le dernier manuscrit de Godbarsky. «Le préposé aux archives, à Soukhoumi, me l'a laissé photocopier, explique-t-il. Le texte est rédigé en allemand et je pense qu'à part Gaia de Lynden, personne ne le parle parmi nos diggers...»

Nous nous rassemblons devant le feu, dans cette «nuit perdue pour l'astronomie», dit Osmonde – le ciel est couvert et la neige blanchit déjà les hauteurs proches de notre maison.

Gaia feuillette le texte intitulé *La traversée de la frontière*, entame un chapitre, passe à un autre... Puis, oubliant notre présence, elle s'absorbe dans la lecture et, soudain, va à la fin du manuscrit, parcourt un paragraphe et annonce, en chuchotant, comme s'il s'agissait d'un secret à garder : «Il se peut que Godbarsky ne soit pas mort dans ce pénitencier. Il y a là une remarque où il se dit confiant de pouvoir "traverser la frontière"...»

Maîtrisant son émotion, elle se met à traduire, avec quelques longues périphrases («Je ne suis pas une interprète!») :

«Godb reprend la vision de nos trois naissances mais, cette fois, la mettant en lien avec son emprisonnement. Arrestation, interrogatoires, transfert, la sévérité des gardiens... Attendez! J'y suis : la Première naissance, dit-il, assure notre survie biologique, la Deuxième, notre survie au sein d'une société. Enfin, la Troisième – l'Alternaissance – la survie au-delà de nos identités, biologique et sociale, oui, comme il écrit, "au-delà de notre disparition physique". Il avoue ne l'avoir jamais exprimé aussi directement. Le risque d'être exécuté libère sa pensée de toutes les arguties raisonneuses... »

Gaia revient vers la fin du texte : « Il y a ce bref dialogue – avec un prêtre qui allait être fusillé le lendemain. Cet homme lui raconte la... En français ça pourrait donner... Oui, la Parabole des jumeaux. Deux petits êtres dans le ventre d'une femme. L'un dit à l'autre : "Quand nous naîtrons, nous connaîtrons notre mère. Nous ouvrirons les yeux, sentirons la fraîcheur de l'air et, plus tard, serons capables de marcher." L'autre, incrédule : "Comment peut-on voir, respirer, marcher ? Et de quelle mère parles-tu ?" Le premier le rassure : "Tu perçois déjà le battement de son cœur. Bientôt, tu la connaîtras et comprendras ce que signifie aimer." Godbarsky écrit que l'idée de l'Alternaissance correspond parfaitement au sens de cette allégorie prénatale... Je traduis mal, pardon. Il dit que, emprisonnés par notre Première et notre Deuxième naissance, nous ne savons pas penser au-delà de ces deux identités. Comme un enfant qui n'est pas encore né. Le vrai but, c'est d'accéder, déjà de notre vivant, à la compréhension de l'Alternaissance... Oui, ce qu'il appelle "le temps de la pérennité"... »

Nous dormirons peu cette nuit. Du dernier étage où loge Osmonde me parvient le crissement de ses

266

pas. Gaia, enveloppée dans une longue peau de mouton, travaille sur le manuscrit (elle a difficilement retenu ses larmes quand Osmonde disait tout à l'heure : « Ce titre choisi par Godbarsky, *La traversée de la frontière*, fait penser au *Grand Déplacement* de Vivien »).

Je reste en bas, pour alimenter le feu. Les fragments traduits suggèrent que Godbarsky, peut-être par une nuit aussi froide, ait pu s'échapper de ces murs, plonger dans les ténèbres de la forêt…

Un autre fragment préfigurait déjà ce que seraient les fondations des diggers : chacun de nous, dans sa quête, peut devenir une fondation à lui seul et c'est ainsi, de proche en proche, que l'humanité connaîtra l'Alternaissance.

Au milieu de la nuit, j'installe un lit de fortune près du feu qu'il faudra faire vivre jusqu'au matin… Je pense à ce « temps de la pérennité » que nos vies hâtives négligent dans leur fuite vers la mort. La traduction de Gaia le disait : « Nos mots humains ne sont pas faits pour décrire cet alliage de lumière et de silence. » Me revient alors le souvenir de ce vieillard qui priait, seul au milieu d'un désert, dans la clarté mauve du couchant. Dans « le temps de la pérennité ».

Bien avant l'aube, j'ouvre la porte pour chasser la fumée et fais quelques pas, m'éloignant de la maison des diggers. Le vent a beaucoup forci, le ciel est dégagé – redoutable dans sa splendeur constellée. Notre refuge, avec trois ou quatre fenêtres faiblement éclairées, ressemble à un vieux navire sur le point de quitter la terre et de naviguer à travers la nuit.

Cet ouvrage a été imprimé par
CPI BRODARD ET TAUPIN
pour le compte des Éditions Grasset
en décembre 2018

Composition Maury-Imprimeur

Grasset s'engage pour
l'environnement en réduisant
l'empreinte carbone de ses livres.
Celle de cet exemplaire est de :
650 g éq. CO_2
Rendez-vous sur
www.grasset-durable.fr

PAPIER À BASE DE
FIBRES CERTIFIÉES

N° d'édition : 20787 – N° d'impression : 3032174
Dépôt légal : février 2019
Imprimé en France